本书由福建明德书院、福建华夏学校和龙岩明德职业中专学校资助出版

追光文库

赵凯·著

上广州

The
Cultural
Rhythms
of Guangzhou

图书在版编目（CIP）数据

上广州 / 赵凯著. -- 北京：华夏出版社有限公司，2025. --（追光文库）. -- ISBN 978-7-5222-0933-3

Ⅰ．I25

中国国家版本馆 CIP 数据核字第 2025B1Q342 号

禁止将本书内容用于人工智能训练，违者必究。

上广州

作　　者	赵　凯
责任编辑	杨小英
责任印制	周　然
出版发行	华夏出版社有限公司
经　　销	新华书店
印　　装	北京华宇信诺印刷有限公司
版　　次	2025年9月北京第1版　　2025年9月北京第1次印刷
开　　本	710mm×1000mm　1/16
印　　张	16　　彩插 2
字　　数	181千字
定　　价	68.00元

华夏出版社有限公司　地址：北京市东直门外香河园北里4号
　　　　　　　　　　　　邮编：100028　网址：www.hxph.com.cn
　　　　　　　　　　　　电话：（010）64663331（转）

若发现本版图书有印装质量问题，请与我社营销中心联系调换。

赵凯和阿丽

赵凯与哥嫂

(从左至右)阿丽、二姐、二姐夫和赵凯

赵凯与恩师何启治

赵凯与恩师刘兆林

赵凯与恩师艾克拜尔·米吉提

拜访小洲村作家坊

参观广州华侨博物馆

探访恩师何启治老家故居

和好兄弟吕江相聚

在北京参加《多尔衮》新书座谈会

恩师何启治省粤，
与黄埔作协领导
集体相聚

"书香黄埔"
阅读活动

黄埔区民间
读书活动

受黄埔区教育基金会
引领走进校园

一个东北残疾人作家、广东的女婿,
"嫁"来广州一年的生活记忆。
一个"新广州人",
参与地方文化建设的特殊案例,
仿佛是大都会里的"瓦尔登湖"。

写给花城的情书

论年龄，赵凯是我兄；论创作资历，赵凯是我学长。当厚厚一沓书稿放在案头，我颇感惊讶。这是赵凯来广州两年多的收获，是他笔耕不辍的硕果。他将这厚实的文本命名为《上广州》，这个动词不是"闯"，也不是"下"，更不是"在"。一个"上"字，既凸显了对岭南文韵的崇敬，亦透出"吾将上下而求索"的执着，更袒露了"上善若水""此心安处是吾乡"的赤子之心。

这是一位粗犷的北方汉子携带梦想对千年广州的朝圣，也是一封写给花城的热烈而深沉的长篇情书。

从遥远的雪乡来到岭南是需要勇气的。无论是气候、饮食，还是人情交往，都需要一段时间适应。更何况赵凯在沈阳耕耘多年，已在文学上小有成就，他的南下意味着中年"漂泊"与"二次创业"。这位铁骨柔情的东北汉子，有着骏马驰骋草原般的英雄情结，他戏称自己是被爱情"绑架"来到广州。作为广东女婿，为回报照顾他的梅州客家妻子，2022年秋天，正值凤凰花开得灿烂热烈之际，赵凯告别故乡，暂住在广州黄埔区永和街道的亲戚家中。两年来，他扛住了岭南夏天的酷热、春天的潮湿，也体验了冬天的温暖、秋天的绚丽，开始了在广州的筑梦之旅。

翻阅赵凯的文字时，窗外雷电交加，大雨如注。我沉浸在他炽热的文字里，渐渐听不到雨声了。闪烁的雨丝将树叶冲刷得愈加翠绿，彰显着生命的本色。人就像树叶，经过风吹雨淋，生命的色彩才会更加鲜亮。赵凯擅长深情叙述，如绿叶对根与土地的情意。他把来广州后感受到的凤凰花的甜香、月亮的清透、台风天街坊们的严阵以待，以及许多当地的风土人情，写得细腻而有味，个别片段堪比美文佳作。

他到过广州的海珠小洲村、黄埔南海神庙、南沙冼星海（故里）纪念馆，走访了古村小巷、城隍庙、南越王博物院。为了生计，也为了托举文学梦想，他为残联组织和知名企业等撰写剧本，为舞台剧写剧评，参加各类征文比赛，还为著名景点创作歌词。他热衷于与文学爱好者交流写作经验，到图书馆与读者分享阅读心得，走进校园为孩子们上文学公益课，每天都乐呵呵地面对生活的一切。他热切感受妻子如何给太阳"过生日"，在灿烂的日子里欣喜地闻到"太阳的香味"……如果说他病弱的脊梁是被文学撑起的，那么在平凡世界中坚持书写，便体现了他对梦想的执着与坚毅。

书中有一个细节：有次外出打印时，他在广州便民服务点发现竟是免费的，这让他感动许久，也对广州的人情世态倍感亲切。"点都德"香气四溢的艇仔粥、八卦阵似的街巷、水道密织的珠江口岸、历史悠久的岭南景致，都融入他炽热的文字，刻进他的生命年轮。他自北向南开启的家庭"长征"，一切都是值得的：广州的鸟儿把他从梦中唤醒，繁忙而有意义的创作让他找回了曾经失去的活力。岭南的阳光赋予他温暖，珠江的水光，则映照着他那份勇敢坚毅的文学初心。正像他自己所言，除了死亡，没有任何事情能将他打倒。

赵凯来广州时间虽短，但生活得紧张而充实，也逐渐积累了一定的知名度，为热爱阅读写作的同道中人所接纳。他受邀采写广东射箭女神——奥运冠军陈敏仪；闲暇之余重温《共产党宣言》，宣讲红色教育；以感恩回报之心，积极宣传推广《白鹿原》。说起《白鹿原》，不得不提赵凯因阅读这本名作而命运得以改变的奇迹，《白鹿原》的责任编辑何启治是赵凯的恩师。何老师在耄耋之年，将一生收藏的所有手稿资料都托付给赵凯保管。赵凯陪同何老师夫妇回到广东河源龙川故里省亲时，还专程看望了何老师捐赠给龙川图书馆的数千册藏书。这份深厚的师生情谊弥足珍贵，可谓一段文坛佳话。

在赵凯书稿中，多有对我的褒奖之词，令我深感惭愧。我与他皆是异乡客，曾怀仗剑天涯之梦一路南行，妖娆美丽的岭南终究不是我们的故乡。我们共有那一份乡愁，往往心有戚戚，都愿在这南方流荡的春色中肆意奔跑。特色鲜明的北京路令我们徜徉忘返，被誉为"湾顶明珠"的黄埔，更让我们触摸到日新月异的时代脉动。

与赵凯不同，我更多以创业者身份生活，文学仅是志业之外的喜好；而赵凯对文学则更为专情，他的前半生都在执着追寻与文学结缘。"位卑未敢忘忧国"，赵凯虽身处江湖之远，却始终怀揣大爱情怀：早在十多年前，他就提议设立"中国农民节"，以回报生养他的土地与乡亲。他追寻人民音乐家冼星海的童年足迹，为疍家船民的咸水歌《顶硬上》所传递的精神深深共鸣，也为非遗香云纱之美而感动赞叹；他积极投身于黄埔乃至广州的各类文学活动，在许多读书沙龙现场，都留下他执着"布道"的身影。

他真挚地爱着自己的故乡沈阳，即便身在广州，仍心系东北：为家乡正在编撰的沈阳革命文艺史书稿，增补了红色经典《东方红》于沈阳正式诞生的重要史实；仍一如既往地为辽宁省农民工征文担任评审工作。赵凯是东北沈阳人，同时也已成为真正的岭南新广州人——这部著作便是明证，是赵凯对花城一次深情的告白、真挚的倾诉。

自与赵凯相识以来，我们往来较多。他的精气神，常让我几乎忘记他是一位残疾人，而视其如寻常健全之人。他9岁罹患顽疾，18岁瘫痪，在病榻坚持写作十八载，36岁幸得大病救治重获站立，最终恢复行走能力，却比许多人走得更远。他以文学打造救赎之舟，渡越厄运之海，骑乘文学鲲鹏，跃过命运龙门，书写了凡尘中的一段奇迹。

赵凯是我们身边的"史铁生"，是行走着的"精神坐标"。

他正辛勤抒写着献给花城的情书，一笔一划饱蘸对这片土地的热忱。愿《上广州》感染更多读者，如赵凯一般热爱生命、珍惜光阴，深情拥抱这火热的生活！

广州黄埔区作协主席　王国省

目 录
Contents

001 被爱情绑架来广州

015 亲情靠得"住"

025 工作令我健康

041 走出去

059 星海旋律起涟漪

073 拜码头·投名状

083 向远方

099 我多想唱

109 兄弟姐妹

117 感恩书香

131 粤地访友记

139 白云山"陈李济"

147 匆匆忙忙碌碌

159 八月未央

177 《阅读越明白》

191 我为广州唱支歌

209 金秋十月

233 尾声

239 后记

当初，远隔千山万水，还没有见面时，她说属龙，我就特别认可。东北有句老话："炕有一条龙，家里不受穷。"

有患风湿的病友向我打听，怎么才能治好？我回答说，哪里都治不好风湿病，但我有一个"绝招"——换地方。

关于阿丽的哮喘，我曾询问医生，怎样能治好？医生回答：难以根治，只能改变环境。

王雪丽老师说，那就去广州，毕竟海里的鱼和江里的鱼不一样。

被爱情绑架来广州

在远方，有位仙女，头戴花冠，一袭碧绿长裙，放牧着羊群似的云朵，微笑着向我招手，我人生的目标就是努力跋涉到她面前。

透过飞机舷窗，机翼下白云翻涌，极目天边，万顷云海如无垠雪原。轻盈来去的空中小姐，个个都像仙女。

真正的仙女就在我身边，是广东客家妹阿丽。

她属龙。我特别喜欢这个属相。我属鸡。人们常说"龙凤呈祥"，倒也般配。

* * *

十年前，在沈阳的辽宁工业展览馆，我转悠了好几圈，只买了两张塑料板立体画——《马到成功》《龙腾碧霄》。画中有八匹神采奕奕、热烈奔驰的骏马，一条腾云驾雾、环绕琼楼玉宇的金鳞蟠龙，正契合我特别崇尚的龙马精神。前一年，我在《中国作家·文学》杂志上发表了长篇小说《马说》，那匹"主人公"就叫火龙。我尤其钟爱的一句话是："金鳞岂是池中物，一遇风云便化龙。"那是我久困厄运时自我慰藉、在望不到头的无奈中给自己加油打气的箴言。

我把龙马请到家里，挂在墙壁上。叶公好龙，龙来了——以最美好的方式。

2013年初冬的一个晚上，我收到一条手机短信："赵凯大哥，您的精神和作品非常鼓舞人，用来教育孩子特别好，想购买您的书。"我寄书过去，是广东梅州——这个地方我以前从没听说过。收件人是阿丽，客家妹子。我听说过"客家人"这个称谓，原以为是少数民族，和阿丽聊，才知晓客家人实为历史上数次南迁的中原汉族后裔。阿丽告诉我，孩子的父亲已在三年前病逝。听闻此讯，我当即邀请母子二人来东北看雪，毕竟他们从未见过雪景。那年的第一场雪，"比以往时候来得更晚一些"，入冬以后，一直没有落雪。转过年来的2014年寒假，阿丽终于带着孩子乘坐绿皮火车硬卧，深夜抵达沈阳北站。天公作美，飘起了雪花。我迎接母子走出火车站大楼，灯光映照下雪花纷飞，我们踩着满地蓬松绵软的白雪。第二天，红日高照，我们前往北陵公园拍摄雪景。一周后，我送走了他们。过了春节，2月底，阿丽和孩子再度北上沈阳，从此与我共同生活。

生活之初，有浪漫温馨，也有冲突与磨合。

有一天，我下班回家，看到他们母子在哭。他们说着客家话，我也听不懂，似乎是他们想家了。看到十岁的孩子哭着想家，我想一定要对孩子好，好好培养，助其成才，将来好荣归故里。

我和阿丽在一些问题的看法上有严重分歧，这其中有南北地域文化隔阂、传统习俗差异的原因，更有个人观念与性别冲突因素，我素来讲道理，可是她只信奉直觉。那段磨合期堪称煎熬，甚至多次萌生退意。如果她娘家在本地，我们的关系可能早就终结了。因为娘家太远，吵架后，她也无处可去。一起生活已逾七年，我的日常生活还离不开她了。

当初她来沈阳时，师友曾建议我们举办婚礼，我一直犹豫。我刚来沈阳时，虽也曾为他人贺喜，但机会终究不多，我若办婚礼，便形同向他人索要礼金。这样搁置了半年，恰逢我的新书《扛住》出版，为提升宣传效果，朋友建议我在新书发布会上同时举办婚礼。原本我计划拿出两千元在新书发布会后宴请重要的来宾。如此一来，新书发布会上举办婚礼，会后的聚餐就变成了婚宴，可以收礼金了，哈哈！

8年后，我和阿丽要来广州。临行前，她专门找出当年的礼金簿，让我一页页拍照，保存在电脑里，并单独建立了一个文件夹存放。带着礼金簿原件不方便，但是图片文件不占地方。以后谁家有喜事了，我们方便查阅记录，一定回赠礼金。礼尚往来是中华民族的传统美德，有句乡谚云"礼到情不差"，中国人都深受儒家学说影响，我们所奉行的仁义礼智信，其本质都是"情"的体现。

我是广东的女婿——这就是我来岭南的原因。

龙女拥抱了我。只是这龙女体弱娇贵，时有微恙。

飞机飞临白云机场上空。

这是我第四次来广州。这一次，我下了很大的决心，来了就不想走了。

为什么？

孙悟空常道："俺老孙来也！"我也像是翻了一个筋斗云，从东北沈阳直抵岭南广州，但是我不敢轻松豪迈地说我来也。我心中忐忑：广州，能接纳我吗？

飞机前座的靠背袋里有本航空杂志。我是读书人，每次乘飞机，都不会放过航空杂志。翻到一句话："来到广州，就是新广州人。"这句话让我顿感无比亲切，熨帖而暖心。

退役大校葛江洋老师是我的红色文化引路人。我向这位老大哥汇报，说自己要去闯广州、当"广漂"，他回复："非常支持你，佩服你的勇气！"其实，他是非常为我担忧，立马转给我一笔钱款。我感慨、感动、感恩，但没有收款，心中特别有种幸福感。这世上有人关心你，而且是长期关照，没有任何条件地关爱，是多么幸运。广州生活成本极高，我敢于前来，全因江洋老师为我争取到两份可居家办公的远程职位。其一是担任《党史纵横》杂志特约编辑，其二是受聘为精英集团教育研究院的特聘研究员，实际职责是打理其"根深叶茂教育"公众号。信息时代，这种远程办公的模式，恰好契合我的身体状况与对自由的诉求。

我因重度肢体残疾，不便到办公室坐班。加之身为体制外人员，不愿受单位约束，向往自由。当年，诗人汪国真风靡一时，我记住了他的诗句："难得的是友情，宝贵的是自由。"

我下定上广州的决心极其不易，内心非常为难。

首先，我要放下在沈阳打拼十年所拥有的一切。

不对，首先是为了媳妇的健康，然后才是放下沈阳的一切。我内心感恩沈阳，是沈阳塑造了现在的我。

此刻，闪电在窗外划过，风声呜咽，雨声一阵急骤一阵停歇。我坐在黄埔区永和街的居民楼里，书写着来广州的故事。时针指向凌晨4时48分。白天坐在电脑前，易被各种信息干扰，思绪混乱。唯有深夜的静谧，能让我专注创作。

＊　＊　＊

阿丽到沈阳，是在2014年春天，抢在3月1日开学前，孩子可以正常去上学。为给孩子办理入学手续，我前往皇姑区教育局。大风呼呼刮，卷起黄尘。我顶风走进大院，掏出手机准备联系工作人员，这时手机好像磁铁，把钱"吸"了出来，我裤兜里的500元掉在了地上。在这关键时刻，我的瘸腿竟异常敏捷，一脚牢牢踩住，要不然，这钱定会被大风刮走——那可是我近半个月的工资啊！我茫然四顾，这大风肆虐的天气，哪有人外出呀！稍顷，门卫老头出来了，我对他大喊："爷们儿，请您帮我捡一下钱呀。"老头怒了："我这么大岁数，你叫我做什么？！"我噤声了，定在原地。这时，一辆黑色轿车开进院子，停稳，走下一位文质彬彬的中年男人，我请求帮助，他笑着说："捡钱是好事，我帮你。"最后，在教育局相关负责人的关照下，孩子小伟顺利入学，读小学四年级。随后，学籍也迁来了。

9月，中秋过后，天气转凉。一天半夜，阿丽突然呼吸急促，喘不上气，脸色憋得通红。我害怕极了，赶忙张罗去医院。她手抚胸口，抻着脖子大口喘气，却仍然强忍着不适，帮我穿上袜子。我因患有强直性脊柱炎，无法弯腰，曾在2006年置换了人工髋关节，虽然能够站起来走路，但是双手只能够到膝盖以上，日常生活难以完全自理。这时，小伟正在熟睡。

我和阿丽互相搀扶着下楼。好在是二楼，台阶不多。还有，幸亏我的身体背不了她。我后来看到一个视频，有个女孩的妈妈哮喘发作，她爸爸背着妈妈下楼，到了楼下妈妈就去世了。其实想想就能明白，本来就呼吸困难，她妈妈的胸腔压在她爸爸的脊背上，更上不来气了。我居住的这栋楼，转过墙角就是小区门口。我们艰难地挪到路边，不一会儿就来了出租车。沈阳四院很近，只有一站地的路程，司机师傅好心地送我们到急诊门口。

值班护士让阿丽做了一系列检查：抽血、拍片、彩超、心电图等。诊断结果为哮喘，医生开了些药。阿丽命大，经过这一番折腾，她总算缓过气来。熬到天亮，她的呼吸逐渐平稳，也就没事了。这一夜的"小抢救"花费一千余元。当时我的月工资仅1200元，阿丽做家政月收入1300元。她后来接连多次哮喘发作，还总是在半夜。每次到医院，医生都要先开检查单。三次过后，我急切恳求："别检查了，就是哮喘，直接用药吧。"我已看明白，治这哮喘，关键在于及时用药缓解症状。再说了，检查费比药费都高。医生先是不肯，称未做检查不可贸然用药。看到阿丽一副痛苦难耐的样子，我厉声要求即刻用药。医生只得妥协，但要求家属签字确认。这样既省了钱，又能让病情尽早缓解，人少遭罪，一举两得，多好啊。

护士先在阿丽手背扎针，却未直接输液，而是取出一支学生直尺长短的粗针管，缓缓推注了半管无色液体。后来我才知道那东西叫"甲强龙"——一种类似地塞米松的激素类药物。能让阿丽迅速缓解的，主要就是它。15～30分钟后，她的呼吸渐趋平稳。阿丽戴着吸氧管，手臂输着液，面容憔悴不堪。国庆假期，每天热得只能穿短袖，等节后上班了，天气开始转凉。我给阿丽下了"命令"：别出去工作了，安心在家休养。我盘算着，少发病就等于省钱。后来，我们成了辽宁省中医医院的常客，而且总在半夜去，值班的医生护士都跟我们混熟了。每次看到我拄着拐杖进门，阿丽挽着我，头伏在我肩上，医生护士就急忙去药房拿药，先给阿丽吸氧、推注药物、输液——总是这套流程。等她缓解过来，我才去补办挂号、处方及缴费手续。我自身是老病号，素来以医院为第二家园，医院非常信任我，我也从不赖账。

自从阿丽来到我身边，尽管她只打了半年工，但是我们的生活越来越好了，收入渐渐多起来，温饱没问题，幸福感越来越强。当初，远隔千山万水，还没有见面时，她说属龙，我就特别认可。东北有句老话："炕有一条龙，家里不受穷。"

我曾经以为，阿丽刚来沈阳，南方人不适应北方气候，过一段时间习惯就好了。结果，过了几年也没好。2017年，我去北京的鲁迅文学院中青年作家高级研讨班进修。端午节三天假期，我让阿丽母子来北京旅游。假期第一天早上，他们在北京站下了火车，情同手足的千岛兄开车陪我去接站。这天北京气温高达37℃，沈阳仅20℃出头。过去医生都是说阿丽对冷空气过敏，然而，面对如此巨大温差，阿丽直呼受不了。到了鸟巢，她就开始流鼻血。她经常流鼻血，家里储备有冰袋，用于冷敷鼻翼血管止血。她在沈阳时有一次夜里流鼻血，完全止不住。她连声哀叹："完了，老赵！完了，老赵！完了完了——"我送她去医院，医生也没有好办法，只是简单地用纱布蘸取液状石蜡，以镊子用力塞入鼻孔止血。纱布塞得阿丽鼻子变形，方才止住血流。她无奈地苦笑，面部表情因痛苦而扭曲。

可这一次怎么办？

阿丽在鸟巢流鼻血还不算太严重，她带来的纸巾用完了一包。我买来冰镇饮料，给她冷敷鼻翼。晚上我们夜宿燕山脚下，准备第二天爬长城。在我的担心中，阿丽的哮喘再次发作。这里是小山村，附近没有医院，我们只好等待，或许天亮时她能好点。然而到第二天中午了，阿丽还没有好转。千岛兄开车带我们去了北京积水潭医院。这家医院名气很大，以前我只闻其名，这回借阿丽的光，我得以"到此一游"了。原本我计划中午和此前帮我出书的李总编在长城小聚，结果未能如愿。阿丽注射"甲强龙"后，蜷曲的脊背慢慢舒展开来，苍白的容颜也一点点恢复了。晚餐是鲁院同学罗元生兄长精心安排的，设于古色古香的庭院里，颇具老北京情调。第三天上午，我带阿丽和孩子到现代文学馆和鲁院逛了逛。下午，送他们返程。挥手告别后，我回想了一下，阿丽来北京与其说是游玩，不如说是见识了大医院的模样。

　　阿丽不适应沈阳的生活，不适应北方的气候。我一直在考虑这个问题。2015年1月寒假，我陪他们母子回广东探亲。这也是我第一次来广东，我们没有直奔梅州。恰逢广东省残疾人作家培训大会举行，我荣幸参与。来接站的是广州美院的何争哥、李燕东夫妇，还有阿丽的二姐和二姐夫。我和阿丽把孩子托付给二姐夫妇，然后随何争哥前往会场。我曾在博客写作交流中结识了燕东，当何争哥带队赴沈阳鲁迅美术学院交流时，我们才第一次见面。之后何争哥计划赴黑龙江漠河采风，我料想南方人一定想不到北方的严寒程度，准备的衣服肯定不够。我有一件"鸭鸭"牌鸭绒坎肩，是品牌沈阳代理黄颖姐所送，我平时用不着，一直挂在衣柜里。于是我转赠何争哥，让他早晚御寒。后来何争哥回到广州，燕东看到鸭绒坎肩，就说在广州用不上，应该寄还给我。何争哥却说燕东不懂，这是我的一片心意，情意无价。

何争哥与燕东一直关心着我，不时寄来衣物、水果和月饼。我的书出版后，他们在当当网购买多册以示支持。我在北京治疗肾病时，何争哥与燕东通过千岛兄转来1000元。二人的女儿小凯悦，当时还是个可爱的少女，竟把2000元压岁钱都汇给了我。我收下了何争哥与燕东的心意，却难以接受孩子的压岁钱，便向燕东索要了地址，说给他们寄书，实则把压岁钱夹入书中悄然寄回。在我来广州之前，某种程度上，何争哥与燕东便是我心中广州的象征。

何争哥的表弟、军旅作家苏一刀创办了一刀中文网，还在广州的小洲村打造了"作家坊"。何争哥曾介绍我与苏一刀相识，我们互赠了作品。这一次来广州，我在作家坊住了一周，很留恋这方文人雅集的风雅之地。后来我第三次来广州时，又在作家坊住了一晚。

广州给我留下好印象，还有另外一个很重要的原因。当初借着《扛住》新书发布之机，我和阿丽在沈阳最大的新华书店举办了"书香婚礼"——这或许开创了作家书店婚礼的先河，尽管"书"与"输"谐音为世俗所忌。婚礼当日，我右脚背还肿着，走路一瘸一拐，提前去医院打了封闭针。小时候，我通常在夏天犯病，到冬天下雪时就不疼了。我当新郎这一年，盼到了冬天下雪，脚却还是疼。而初次到广州一周后，不打针，不吃药，右脚就自然消肿，也不疼了。后来的几次经历都印证，我的顽固风湿痛在广东几天就好了。与何争哥第一次见面时，他的同事就告诉我，来广东要在冬天，夏天太热，受不了。2021年，我在暑假里来到梅州，这是第一次在夏天来广东，因为我从春天开始胯部就疼痛，虽然双胯已置换合金人工关节，但痛感源于神经与肌肉，疼得我上下床都吃力。于是，我决定冒险在夏天去岭南，感受一下到底有多热，另外更期待去了南方，我的疼痛就会消失。果然，来广东后如愿不疼了。我内心大喜，看来，我真是和广东有缘啊。2022年，又是因为风湿痛，孩子高考一结束，我们便立刻回了梅州。

有患风湿的病友向我打听，怎么才能治好？我回答说，哪里都治不好风湿病，但我有一个"绝招"——换地方。风湿病是一种跟地理、气候、季节都相关的疾病。关于阿丽的哮喘，我曾询问医生，怎样能治好？医生回答：难以根治，只能改变环境。如果把阿丽送回广东，我也随同前往，阿丽能适应家乡气候，我的疼痛也能缓解。

然而，决心依然难下。每次阿丽哮喘发作，看着她窒息的模样，我就恨不得马上把她送回南方——当时想的只是把她送回南方，我留下。2015年大年初一，我和阿丽带着孩子从梅州探亲返沈。到了沈阳当晚，阿丽就发病去了医院。过了两天，阿丽夜里又发作。一周接连去了三回医院，我怕再有第四次，赶紧去买火车票，让她回梅州休养。当时仅剩一张软卧车票可选，价格虽然高，但我豁出去了，因为心疼她。我把阿丽送上火车，她含泪看着我，舍不得离开孩子和我。孩子要上学，只能跟着我。我说："你放心吧，等天暖和你再回来。"直到清明节后，沈阳的草绿了，花开了，我才给阿丽买票，再和孩子去火车站接她。

这些年，因为孩子上初高中，阿丽冒着生命危险在沈阳陪着我生活，陪着孩子读书。我一直盼着孩子上大学，这样就能送阿丽离开沈阳。盼啊盼，这一天终于到了，孩子去了大连读书。然而阿丽却不肯马上离开，她说在沈阳能离孩子近一点，若一下子回南方，怕孩子想她。面对这样的理由，我很无奈。

孩子刚上大学那年的国庆黄金周，长假最后一天，大晌午的阿丽就哮喘发作了。我愁得直拍大腿，以前都是半夜发作，这回咋变成中午了？刚过去的暑假里，为了孩子高考的事着急上火，阿丽有一次在半夜就哮喘发作了。以往基本是天冷发作，三伏天发作还是头一次。这回更是罕见，从半夜发作变成了大白天中午发作。我们打车去了辽宁省中医医院，路上，我暗自抱怨路太远。我和阿丽租着房子，十年搬了五次家，越搬离医院越远。她趴伏我肩，进了门诊，导诊护士迎上来，我急切地说："哮喘犯了！"值班医护人员立马紧急行动起来，"小抢救"又开始了。待阿丽稍缓，旁边病友的家属对我说："你媳妇脸色缓过来了，刚进来时都青紫了。"我因为强直，当时无法扭头察看阿丽情状，但心中了然。我再次和阿丽说："过两天收拾东西，咱们去广东吧。"阿丽看我一眼，没说话。我知道，她还是舍不得离孩子太远。

10月中旬，她还不想走。而我在想，回广东，去哪儿？

如果一定让我离开沈阳，那我想去北京。然而，对阿丽来说，北京也是北方。我决定送她回广东休养几年。她的家乡是梅州，去梅州应该是首选。说实话，我不想去梅州。两年前，看到新闻说，她的家乡梅江区作家协会成立，有八位省级作协会员。我笑言："我是中国作协会员，如果我去了，还成了'宝贝'，独一份。"我这样说，是因为我不会去。

我工作生活的沈阳，是辽宁省省会，辽宁省和沈阳市两级公共文化资源汇聚于此，正是这个平台托举起了今天的我；如果我在辽阳、鞍山这样的地级市，就不会有"辽宁省散文学会副会长""沈阳市作协副主席"的职衔，甚至"签约作家""一级作家"的身份都轮不到我。我现在又不能像退休人员一样去南方过冬养老，我还要打拼事业，谋生存，度生活。广州虽然消费水平高，却也能为我提供谋生之机。而梅州是地级市，生活压力虽小，舞台也小。是去梅州，还是赴广州？就在我徘徊犹豫间，辽宁省散文学会老领导、对我非常关照的王雪丽老师发来问候，我就同她说了为难之处。王雪丽老师说，那就去广州，毕竟海里的鱼和江里的鱼不一样。这话我非常认同，沈阳是我的幸运福地，为我提供了成长空间，如果去梅州，可能无法成就更好的我。

我不再纠结，下定了决心——去广州！

* * *

飞机平稳降落，我仿佛如鸟儿般张着翅膀滑翔着陆了。飞机轻轻一震，后轮擦地，迸起一团蓝烟，前轮着地，又迸一团蓝烟。飞机上所有人都看不见这蓝烟，身边的阿丽也看不见，只有我能看见，因为我是作家，靠想象力生活。在想象中，我想看见的都能看见。

飞机安全着陆，我却觉脚下微晃似有失重感，旋即稳住了心神。

飞机向前滑行，广州，我来了！

2022年10月29日，广州，我真的来了！

我心里忐忑：广州，你会接纳我吗？

我亦盲目自信：我一定能在这里扎根。

"珠三角是打造平民英雄的地方。"很多新来的人如果计划在广州打拼,估计看到这句话都会感动。这是广州给我的第一个亲民印象。

她下楼转悠一圈,买了两样上来:西芹大半根,香菜两棵。我看着好笑,咋买这么一丁点儿?

阿丽回复大家:天天有,买新鲜的。

我想付钱,里面的小伙子笑着说不要钱,并指向门玻璃上的半透明字迹:"便民服务"。

我和阿丽回去时不断感慨:难怪广州能成为改革开放前沿,服务理念真好啊!

亲情靠得"住"

一　二姐和二姐夫

"珠三角是打造平民英雄的地方。"在航空杂志上看到这一句，我顿然有了信心。很多新来的人如果计划在广州打拼，估计看到这句话都会感动。这是广州给我的第一个亲民印象。

此番来广州，还有一个方便之处：阿丽的二姐一家在广州。

二姐当年来广州读书，然后在这里恋爱、结婚、育儿、购房，是典型的外来年轻人在广州安家落户的故事。听说我们计划来广州，二姐就提出让我们住在他们新买的房子里。他们原本在黄埔区文冲街道那边工作，在单位附近买了房，却是小产权房。这些年，到处都在拆迁，他们那里也兴起了拆迁风潮。为了保险起见，也为了获得广州的户口，二姐和二姐夫顶住压力，又买了位于永和街道珠江嘉园小区的商品房。两个住处之间，驾车约一个小时。据二姐说，当时这里的房子在全广州是最便宜的，单价尚未过万。

但是，为了上班和上学的方便，他们还是住在文冲那边的旧房子里，而且那里多年来也没有轮到拆迁。所以，新买的房子一直空着，他们偶尔过来打扫卫生。我以前来广州，有两次就住在这里。

来广州前,我们考虑先在二姐的新房子落脚,然后再移住小洲村。

又是二姐夫来接机。

出机舱,过廊桥,进到机场大楼里,就要立马脱下厚衣服。我是穿着沈阳初冬的衣裳来的,南国真暖和,我赶紧把厚呢外套脱下来。阿丽帮我拿过去,挎在她胳膊上。她对我是真好!为了这个全世界对我最好的女人,我冒险来广州闯荡,是应该的,值得的,也是必须的。

在行李转盘上取托运的行李箱,我一指:"那个!"阿丽拎起来便急忙向外走。往哪是出口?跟着人流走吧。

突然,我手机响了。"您是赵凯先生吗?""对。""您的行李箱拿错了。""啊?"低头辨认,发现是一样的箱子呀。阿丽拉开一点拉链,从缝隙向里一看,不是我们的东西,果然拿错了。需要折返去交换行李箱吗?对方问:"你们在出站口是吧?""对。""你们在那里等着吧,我们也过去,把您的行李箱带过去。""太感谢啦!"很快,一对青年男女就来到面前。交换过行李箱,双方都没有检查一下里面是否有东西缺失。陌生人间的信任,是宝贵的人际纽带。

和二姐夫一时对接不上,过程非常波折,互相找不到。最后发现,我们只是隔着一道栅栏。穿过一个豁口,再绕个弯,二姐夫就迎上来了。

近在咫尺,却好不容易才见面。想起上一次,我来广州讲学,也是二姐夫接我,我一出机场大楼,二姐夫就笑着迎上来。

这也许是个征兆,预示这一次来广州,"见面"会非常不易,颇费周折。

从机场到二姐夫家，驱车路程很远。寒暄之后，我就给广州的朋友发消息，告知我来了，并且说明我这一次是要长期住下了，可以找合适的时机见面，请多关照。我联系了四位朋友：他们是何争哥与燕东夫妻、苏一刀，以及广州残疾人文学协会秘书长李允平大姐。很快就收到他们的回复：好的，欢迎。

一路上望着车窗外的景象，岭南大地的绿色山峦恍若北方冬季未曾见过的梦境。早晨从沈阳出发时，天色刚透亮，到了浑河南岸，旭日还没出，但天光清明，我举起手机，隔着车窗拍了几张照片，照片里有很高的大楼，伴着光秃的杨树。

那时，我还没心思去欣赏广州的自然风物，而是琢磨着，不能给二姐二姐夫添太多麻烦，要尽快去小洲村租房子。我去过小洲村三次，感觉很亲近。珠江嘉园也来过两次，这里相比小洲村没有那么浓厚的文化艺术气息。

二姐夫开车走了很远的路。从中午 12 点落地白云机场，下午两点多出机场，上车出发，下午 4 时许才抵达二姐家的新房子。

进了地下车库，二姐夫帮着拿行李，大包小包拎上楼。阿丽已经事先把好多物品都快递过来了。二姐说我们像搬家一样，确实，毕竟要在这边过日子嘛。

二姐夫打开屋门时，二姐已经赶回去上班了。这平日里不住人的房子，二姐已经提前打扫干净，饭菜也基本做好了。噢，是菜做好了，二姐走时匆忙，忘记按下电饭煲的煮饭启动键了。二姐夫按下煮饭键，也告别匆匆走了。

剩下我和阿丽，在这三室一厅的大房子里，感觉空旷、熟悉又陌生。但这才让我感觉真正到了广州。

洗手洗脸，我们先吃点东西。我和阿丽是真的饿了。

灶台上，二姐给炖了鸡，还煲好了冬瓜排骨汤。先喝汤吧，等米饭熟还需要时间。我记得上次来广州，何争哥请我在大学城那边吃饭，也是先上一瓷罐汤，每人一罐。先喝汤，后吃菜，真个是养生的好法子。喝汤喝饱了，吃得就会少一点，也算节食减肥了。

我来到南方后有个感觉，南方酷热，每天出汗量大，消耗人体的能量，所以这里瘦人多。在北方，冬天不长点膘，动物就耐不住寒，过不了冬，人也是一样。

吃过第一顿饭，我们就真正开始了在广州的生活。

房子里堆满了我们的东西，阿丽忙着整理。我把电脑支起来，开始干活。初来广州，我继续做着在沈阳的工作。

我在为精英集团教育研究院"根深叶茂教育"公众号新开辟的"时代英雄谱"栏目改编播讲稿，要把文稿积累到一定的量才行。而且我刚开始做这项工作，还不是很熟练，做得还不好。葛江洋老师作为我的领路人，对我一遍又一遍地指导。我起早贪黑，来广州后最辛苦的一天甚至通宵都在工作，直到早晨7点才休息。

我让阿丽多准备点米面和菜。她下楼转悠一圈，买了两样上来：西芹大半根，香菜两棵。每样明码标价，香菜一元，西芹两元。我看着好笑，咋买这么一丁点儿？我在微信朋友圈发文：在南方，感觉商家这样零星地售卖，比北方成堆卖，利润要大得多。有人评论说，南方卖菜卖的是服务，肉还给你切块切片，送料包。还有人说，他们卖菜从来不抹零钱，一角两分都要付的。又有人说，在北方，这么买菜也不好意思呀。有人提议：这分量不够一个菜，再加点花生米，可以拌一盘。参与讨论的都是北方亲友。阿丽回复大家：天天有，买新鲜的。

不得不说，阿丽买回来的香菜与西芹，已经打理干净，没有一星半点的枯叶，水一冲洗，就可以切好下锅炒了。

二　广州的冬天

来广州这年，我度过了人生中最长的一个秋天，从沈阳入秋，在广州出秋。一年四季，春秋总是最好、最舒适的时光。等到了冬天，广东就十分潮湿。城乡间有那种楼挨楼、拥挤的"握手楼"，由于空气流通差，阳光被遮挡，室内十分阴冷。凉气从脚底爬升，蔓延至双腿，钻到肚子里，纠缠成团。之前在梅州过年时，我几乎整天躺在床上，猫在被窝里。

12月1日，寒潮袭来，前一天还是湿润舒适的广州，仿佛一下子便掉进了冬天的冷库里。

二姐在珠江嘉园的这个新房子位于小区东侧。房间里空间开阔，没有隔断，因此打开前后门窗就有穿堂风吹过，十分寒冷。我坐在电脑前，靠着墙边，脚下踏着从沈阳寄来的小电热毯，大腿和膝盖上还要围着毯子，上身要披棉袄。

刚到广州这段时间，我工作特别拼命，事情也多，一桩接着一桩。

罗元生兄长写了一部关于新中国飞机设计领军人顾诵芬院士的传记书稿，我给校对了一遍，对个别地方还动笔修改了，标成红色,由罗兄最后定夺。30余万字的书稿,我一周时间便校阅完毕。

我的工作基本都在电脑上进行。阿丽说我的电脑太旧了,用了十多年,从沈阳出发前,她就劝我去朋友的店里买个新的笔记本电脑,我没有听从。一是这电脑还能用,就是偶尔会蓝屏死机,我在网上查过,说是电脑内部灰尘多了;二是换新电脑就如同换新手机,刚开始操作还不习惯,需要适应几天;三是我比较恋旧,一些用过的东西舍不得丢;四呢,电脑对我来说就是个打字机,能用就先将就着。

《党史纵横》杂志新一期的排版文件发给我审校。去哪里打印呢?二姐告诉阿丽,小区门口对面,有家房产中介,那里能打印。我和阿丽找过去,很快打印出来了。我想付钱,里面的小伙子笑着说不要钱,并指向门玻璃上的半透明字迹:"便民服务"。我和阿丽回去时不断感慨:难怪广州能成为改革开放前沿,服务理念真好啊!

这个小伙子叫谢志峰,和阿丽同姓,就住在我们楼上。后来,我一个月至少去打印两回,有一次我还请他打印了彩色版文件。过年时,阿丽给这位有爱心的小伙子准备了礼物,可是不巧他回老家过年了。他的家乡碰巧也是梅州。夏天,阿丽和同楼层的一位邻居姑娘熟悉起来,得知这姑娘从澳大利亚回来,一个月后还要走,想出租自己的房子。阿丽便引荐姑娘去找谢志峰帮忙,不久房子便租出去了。

大约在6月初,二姐来时拎着一个像海绵枕头那样长方形的细纸盒,说是打印机。我在沈阳用过的两部打印机都很大,因此对二姐拿来的打印机是否好用持怀疑态度，便一直放在床头柜边闲置。到了8月下旬，我才安装起来，一试，果真很好用。这样就不再去麻烦谢志峰小兄弟了，心里也踏实了许多。

二姐有个闲置的笔记本电脑，比我这个新。二姐夫专门拿去店里检修维护了一下，然后给我送来。

12月8日，孩子小伟因学校提前放寒假，便买了机票来广州。我们一家三口，就这样把沈阳的家"整体"搬到了广州。

这可不是简单的搬迁，是重大的改变与调整，堪称一次家庭的"长征"，意义重大。

* * *

我很着急去办理广州市居住登记手续。因为去年夏天，孩子高考时报考了定向士官学校，结果由于他没有沈阳市的居住证，不符合报考条件，没被录取。他的学籍在沈阳，户口却随母亲不在沈阳，吃了大亏。因此，我决心一到广州就尽快办好居住证，省得将来再遇到麻烦事。起初我以为，需要提供租房合同才能办理居住证，结果一打听，政策规定住亲友的房子可以直接凭房产证办理，非常方便。顺利办理后，我感觉像完成了一桩大喜事。

二姐和二姐夫让我们安心住在这个房子里。我和阿丽却想着先在这里过渡一下，等安稳下来便出去租房。听说郊区租房并不贵，每月几百块就行。

没想到，如今来广州快一年了，我们还在二姐二姐夫家里住着。

到底会住多久？首先要看二姐二姐夫在文冲街道的房子什么

时候拆迁，其次要看我能否融入广州。期待广州能够像沈阳一样接纳我！

12年前，我一个人拄着拐杖，带着手稿，从农村来到沈阳这座城市。沈阳给了我发展的空间和舞台，我在沈阳获得了一个体制外的残疾人所能得到的最好的荣誉和位置。

因此，对广州，我满怀憧憬。

蔡教练详细讲述了陈敏仪走上射箭道路的契机，和她十年训练经历的起伏，构成了一个非常动人的故事：一个残疾人女孩追踪三届奥运会的十年征程。

我在脚本中写下："我们真正要战胜的不是赛场上的对手，而是人生旅途中的苦难。"

对残疾人而言，每个对手亦可能是并肩作战的队友，共同穿越困苦的迷雾，才是奋斗的终极答案。

平姐点餐时问及艇仔粥，我连声说好——早年读过《南方的粥》一文，文中描述的艇仔粥，早已成为我心心念念的美食。

我本就是个"好吃"之人，曾在一本文化刊物上看到关于鸡汤面的介绍，便让阿丽在家尝试制作。

工作令我健康

一　陈敏仪与《箭在弦上》

11月15日，到广州才半个多月，就遇到了一项值得一提的新工作。

中国残疾人事业新闻宣传促进会杨聪副秘书长找我，说准备拍摄百集大型纪录故事片《勇敢的你》，展示优秀残疾人典型形象，宣传残疾人事业。这是好事，令人振奋。

现在首先需要写剧本，让我找几个残疾人作者，由一位导演指导我们创作。杨聪副秘书长推荐我和张正军导演加上微信。张导和我通了电话，谈了创作剧本的要求：采用纪录片体裁，但需融入故事性，以吸引观众。我想起了焦波老师的《乡村里的中国》，这个思路很好！

我以残疾人作家班的同学为目标，挑选在写作上具备叙事能力的，找了五六个人。没想到其中一位刚刚生了小孩，正在医院中。新生命降临是喜庆之事，这是一个好兆头，预示着我们的剧本创作能够顺利完成任务。

我们组建了一个微信群。晚上，我在网上主持会议，张导同大家阐述了我们将要进行的工作，大家逐一作了自我介绍。一个尚在磨合的工作团队就组建起来了。鉴于大家都没有这方面的创作经验，张导发来两份比较成熟的拍摄脚本，给大家参考。

第二天，张导把第一批需要采写的五人名单发给了我们，都是残疾人奥运会冠军，有滑雪的、举重的、赛跑的、射箭的。我一看，射箭冠军陈敏仪是东莞人，而且就在东莞体育训练中心，离我很近，就选择了她。这样，无意中形成了我宣传广东优秀人才的工作契机。

我立刻通过网络了解被采访对象：陈敏仪，1990年生于东莞石龙镇，东京残奥会双料冠军（男女混双、女子单人）。真是厉害！我还查阅了相关新闻报道的文字资料，并观看了视频。

陈敏仪有着胖乎乎的圆脸，眉眼端正。由于长年坐轮椅，她的双腿相对上身显得更为纤细，一双手臂常年拉弓射箭，锻炼得尤其健壮。她给人的整体印象是一位充满活力的姑娘。

准备了两天，我在20日晚上拨打她的电话，没打通。很快，她就回拨了电话。我在当天的日记中写道："这个东莞石龙妹很开朗，好交流。"

按照常理，采访最好面对面进行，以便观察她的言谈举止，了解她的工作和生活环境、训练场地，理解体育专业术语，才好下笔。

21日晚上，我打通陈敏仪的教练蔡建兵的电话，先进行了自我介绍。蔡教练很热情，说他家就在广州市，每周都回家，如果情况允许，他计划开车接我去东莞训练基地实地考察。那可太好啦，但因时间紧迫，需尽快动笔。

蔡教练分享了自己投身残疾人竞技体育事业的原因，以及他充满波折的运动生涯。他热爱射箭，是国内复合弓射箭领域的开拓者。他立志通过指导残疾人运动员延续自己的奥运冠军梦。2008年北京残奥会前，蔡教练临危受命担任国家队教练。他拥有独到的眼光，善于识英才，深谙什么样的人适合从事什么项目。他提到的一个观点令我印象深刻：有的运动员日常训练出色，但临场发挥欠佳；而有的运动员，日常训练表现平平，但在重要比赛中却能激发斗志，超常发挥。

现在，蔡教练已培养出多位奥运冠军。有一次，他根据选手条件和场地环境，指导队员瞄准相当于钟表12点钟方向偏5环的位置，结果射出的箭精准击中靶心：10环！

我边听电话边记录，蔡教练详细讲述了陈敏仪走上射箭道路的契机，和她十年训练经历的起伏，构成了一个非常动人的故事：一个残疾人女孩追踪三届奥运会的十年征程。

陈敏仪的家庭有多位成员身患残疾，父母都是残疾人。然而，父母没有依赖家庭或政府供养，而是顽强地自力更生，在小镇上开杂货铺。她的父亲自学修车技术，以带病之躯为客户修车。陈敏仪的哥哥也是残疾人，弟弟是家里唯一的健全人，承载着家庭未来的希望。父母那种不服输的劲头，深深影响了陈敏仪。

陈敏仪的哥哥陈浩泉在残联工作，了解到残疾人体育项目，他推荐妹妹参加。原本，举重教练先看好了陈敏仪，然而，蔡教练通过抓握她的手，检查她的肩部，觉得她的身体条件适合射箭，因为举重需要瞬间的爆发力，而陈敏仪的手臂肌肉力量分布比较均匀。蔡教练协调举重教练，把射箭队一个肌肉爆发力强的队员推荐给举重队。通过这样的人员交换，陈敏仪最终来到了射箭队。这是陈敏仪的幸运，她初入行就遇到了金牌教练。后来，体育部门领导向蔡建兵教练竖起大拇指，夸赞说："你找到了一个好运动员。"

蔡教练还看好陈敏仪的哥哥，他们兄妹的先天条件相似，符合射箭运动的要求。但陈敏仪的哥哥当时已有工作，不愿放下，婉拒了邀请。一年后，蔡教练通过陈敏仪逐步做通家人的思想工作。父母起初不愿意让女儿吃苦当运动员，后来转变态度，也支持儿子参加体育训练。兄妹俩在训练场和赛场上互相激励，共同进步。

陈敏仪第一次争取奥运会参赛资格时，因射箭水平对东道主选手构成威胁，竟被主办方以不公正的理由剔除出名单。临出国前两天，19岁的她突然被告知禁止参赛。这一打击十分沉重，蔡教练及时给予宽慰，引导她直面现实、调整心态，全力备战下一届奥运会。三年后，陈敏仪乘坐轮椅出行时意外侧翻，手臂严重受伤。即便疼得握不住弓，她仍让哥哥将她的手与弓绑在一起坚持训练。然而，伤势导致成绩下滑，她再度与奥运会失之交臂。接连的挫折让陈敏仪心灰意冷，最终她满怀不甘地选择了退役。但残疾人就业之路艰难，她四处碰壁，陷入迷茫。蔡教练始终没有放弃陈敏仪，经常打电话关心鼓励她，坚信她是射箭运动的好苗子，要她珍惜自己的奋斗机缘。

最后，在蔡教练的持续关心下，陈敏仪重返体训队。蔡教练根据她的伤情调整参赛级别，她则全力以赴、加倍训练。凭借扎实的功底，她终于获得东京奥运会参赛资格。结果，因疫情东京奥运会推迟至2021年。我在电话中表达了惋惜，然而她与蔡教练却视此为"天赐的调整期"——她坦言当时她尚未达到巅峰状态，多一年打磨，技术与心态得以淬炼至最佳。

前两次，陈敏仪虽未能踏入奥运赛场，却为东京奥运会的绽放奠定了坚实基础，积蓄了厚积薄发的力量。原本只奔着女子单项比赛的她，在资格赛中一骑绝尘，以全场最佳成绩获得与男选手张天鑫组队参加混双比赛的机会。2021年8月28日，东京残奥会射箭赛场，陈敏仪与张天鑫组成的中国队以138：132的比分战胜捷克队，摘得混双金牌。这枚金牌既在意料之外——她首次参加混双项目；又在意料之中——源自日复一日的扎实训练。首战告捷的陈敏仪，对接下来的女子个人赛充满期待。

原定于夜间进行的女子个人赛对视力偏弱的陈敏仪不利，哥哥在电话中鼓励她："别怕，你一定行！"或许是天意眷顾，当夜突降狂风暴雨，比赛推迟至次日上午。调整状态后的陈敏仪势如破竹，15支箭大多命中10环，中途仅一箭稍有失误。正在指导其他选手的蔡教练见状，立刻上前为她调整心态。"教练就像定海神针，让我慌乱的心立刻稳下来。"陈敏仪赛后回忆道。最终，她以142环的高分、领先对手9环的绝对优势，夺得女子个人赛金牌。

我在电话中问她："以前射出过这样的成绩吗？"

她坦言："没有。"

"日常训练中达到过吗？"

"也没有。"

这让我想起一位奥运会举重冠军的故事：决赛中，外国选手已凭借总成绩锁定冠军，我国选手唯有挑战此前从未成功举起过的重量才有争夺冠军的可能。走上赛场的他宛如角斗士，以超越极限的勇气与命运博弈——双手攥紧杠铃的瞬间，凝聚了所有力量，最终以突破个人纪录的成绩勇夺冠军。许多冠军因状态下滑黯然告别赛场，而他则以巅峰成就完美收官，将超越定格为永恒。

陈敏仪亦是如此。前两次奥运挫折，不过是命运对她的淬炼。在教练的栽培、家人的支持与国家的关怀下，她从低谷中奋起，让苦难铸就了勋章的底色。那些积蓄已久的力量，终于在东京赛场迸发出耀眼的光芒。

我随后电话采访了陈敏仪的父母与哥哥。12月3日，我在日记中记录："半夜12点前完成陈敏仪专题片脚本，约一万一千七百字，暂定名《射箭女孩奥运情》。"后来，我想改为《神箭女孩》，陈敏仪笑着说队里都叫她"射箭女神"，因她射术精准，长得也漂亮。

哥哥陈浩泉虽未能站上奥运领奖台，却在全国残运会争夺铜牌时，射出了高于冠亚军决赛最高环数的成绩。蔡教练感慨："运动员输是常态，赢是偶然。"即将退役的哥哥对妹妹说："你赢了，就是全家赢了。"比赛直播时，父母、哥嫂、侄儿与弟弟围坐电视机前，每一支箭都牵动着全家人的心。

我在脚本中写下："我们真正要超越的不是赛场上的对手，而是人生旅途中的苦难。"每个对手亦可能是并肩作战的队友，共同穿越困苦的迷雾，才是奋斗的终极意义。

张正军导演对我写的脚本给予了肯定："拿过来就能拍。"作为写作小组首个通过审核的作者，我深感欣慰。那些年积淀的文字功底，终在关键时刻起了作用。

2023年3月21日，"广东残联"公众号发布消息：纪录影片《勇敢的你之箭在弦上》在东莞开拍。

二　走近老广州

来广州第15天，11月12日晚上，接到李允平大姐发来的信息，请我为广州残疾人做文学培训，进行线上讲座。我欣然应允。

讲座对我来说不难，这几年已经驾轻就熟。以前在沈阳时，我就为广州的残疾人文学团队讲过两次课：第一次分享当代名著《白鹿原》，另一次结合当时最火的电视剧《人世间》解析原著小说。

与李允平大姐相识，始于2015年元月我首次来广州，参与广东省残疾人作家培训大会。当时她已退休，被返聘担任《广州D视角》杂志主编。开会地点在广东文学艺术中心，楼下我们几人合影时，平姐坐在轮椅上，还对我说对面就是广州市残联大楼，若时间允许，邀我去她办公室坐坐。

平姐胖胖的，爱笑，极为和善，像菩萨一般。

后来与平姐关系密切，得益于鲁迅文学院残疾人作家班同学赵玉明的推荐。她与平姐熟识，便将我推荐给广州市残联。广州市残联每年为残疾人文学团队安排培训课程，2020年秋天，在赵玉明的大力推荐下，平姐安排我讲授了第一课。

2022年春节，北京冬奥会期间，央视开年大戏《人世间》热播，成为文学艺术领域的热点。辽宁省图书馆邀请我在"领读者"活动中分享原著小说，这也是我2022年唯一一次线下阅读推广活动。

此前我知道《人世间》是茅盾文学奖获奖作品，否则未必关注。但即便获奖，我起初也并无阅读意愿，因为我读过梁晓声的成名作《这是一片神奇的土地》，还有《雪城》。他是知青文学代表人物，其他知青作家大多转型，他仍然坚守该题材。我不喜欢读作家文集，只愿意读代表作。

为准备讲座，我研读了《人世间》原著并对比观看了电视剧，形成了自己的见解。后来我撰写了评论文章《被小说引领的话剧和被电视剧拯救的小说》，探讨《白鹿原》改编为话剧与《人世间》改编为电视剧的意义。电视剧《人世间》大火后，原著出版方中国青年出版社举办全国读书征文，我投稿了《该说的和不该说的都说》，在批评的同时肯定了其创新之处——以未下乡、未当过知青的"知青弟弟"周秉昆为主人公，开创了"非知青"视角的知青文学新路径，这恰似金庸以不会武功的韦小宝为主人公，创作"非武侠"的武侠经典。该文获征文三等奖。

正是在此期间，我与李允平大姐交流增多。我谈及自己的创作与工作，并提到2019年在广州美院和深圳少儿图书馆做讲座的经历。在她的推荐下，我与中山图书馆的秦老师建立了联系。当时我已计划等孩子上大学后到广州定居或陪妻子回广东探亲，便想顺道在中山图书馆举办讲座（通常需提前两个月预约安排），于是暂定年底分享《白鹿原》。来到广州后，我第一时间联系秦老师告知近况。

* * *

广州市残联的线上讲座为我提供了工作机会。恰好我正在准备为辽宁文学院与辽宁省残联合办的残疾人作家班授课,讲授"残疾人文学的历史与现状",便决定先为广州团队试讲,权作"预热"。

讲座安排在周五(11月18日)。我原定17日为上海青浦区残疾人读书会线上授课,因另一位老师临时有事调换时间,最终改在18日,我下午为上海讲课,晚上为广州讲课。

下午为上海讲课时,我结合编辑会刊《思源》的经验,针对这支文学队伍成员的创作现状,分析了优点与不足,并探讨了改进方向。

晚上为广州残疾人文学团队讲课时,我首先指出:自生命诞生起,残缺便伴随存在。残疾人不仅是人类社会不可或缺的一部分,更是重要的贡献者。如西方文学重要源头《荷马史诗》,相传其作者是一位盲诗人荷马,这被视为一位残疾人对人类文学艺术的伟大贡献象征——如此辉煌的著作,在传说中被视为出自一位残疾人之手,令线上参与讲座的残疾人兄弟姐妹倍感振奋。

我还讲到庄子在《逍遥游》外,另有一篇写残疾人形象的《德充符》,强调道德完善比形体健全更重要。《德充符》里记载了一位名叫叔山无趾的人,早年因过受刑被砍去脚趾,却依然好学不倦,以脚后跟走路,前往拜见孔子求教。孔子起初却说:"你先前不谨慎,已遭此刑,现在才来学习,恐怕太迟了吧。"叔山无趾肃然答道:"我虽失去脚趾,但生命中还有远比脚趾珍贵之物(指道德)。我来求学,正是为追求道德之完善。天覆万物因其广,地载万物因其厚。我原视您如天地般圣明,未料竟有如此偏见，实在失望！"孔子闻言，急忙改变态度，作揖行礼道："先生说得对，是我浅陋了。请进，请为我的弟子们讲学。"但叔山无趾没有停留，转身离开了。孔子望着他的背影，感慨地对学生说："弟子们要努力啊！叔山无趾这样被断足的人，尚且努力求学以弥补过错，何况我们这些身体健全的人呢！"叔山无趾虽曾受刑，却能改过向学，其追求德行的精神赢得了孔子的敬意。这个故事深刻说明了修身向学永不为晚的道理，也展现了个体内在德性的光辉足以超越身体的局限，赢得真正的尊重。

我又谈到西方文学史上第一部现代长篇小说《堂吉诃德》的作者塞万提斯左手臂残疾，还有《假如给我三天光明》作者海伦·凯勒、《钢铁是怎样炼成的》作者奥斯特洛夫斯基，他们都是对人类社会产生过重大影响的残疾人作家。

我们中国有身残志坚的科普作家高士其，还有伤残的兵工专家吴运铎，其自传体小说《把一切献给党》影响深远。史铁生、张海迪更是我们熟知的当代楷模。

* * *

李允平大姐成为我来广州后联系最密切的人，我们即便不见面，也常在微信上一聊就是两三个小时，总有说不完的话。平姐向我聊起她的家境、童年往事、成年后的艰辛创业历程，以及进入残联工作的经历等。

转眼新春佳节至，正月初三（1月24日），平姐约我在北京路的"点都德"餐厅见面，请我吃早茶。我低估了路程距离，打车转乘地铁，原约定上午10点，结果抵达时已近11点——向自诩守时的我，这次竟严重迟到了。

平姐请我品尝了地道的广州早茶点心：虾饺、红米肠、艇仔粥等。此前几次来广州，令我印象最深刻的当属烧鹅，其代表性堪比北京烤鸭。记得来广州讲学那次，二姐一家请我吃饭时点了烧鹅，我虽喜爱，却不好意思尽兴享用，剩下几块肉也未打包，至今想来仍觉可惜。这次平姐点餐时问及艇仔粥，我连声说好——早年读过《南方的粥》一文，文中描述的艇仔粥，早已成为我心心念念的美食。我本就是个"好吃"之人，曾在一本文化刊物上看到关于鸡汤面的介绍，便让阿丽在家尝试制作：起初去早市买现杀活鸡，后来觉得麻烦，便改用鸡骨架，以五指毛桃煨汤，再加入面条，成了我家的特色鸡汤面。

言归正传，平姐请我吃艇仔粥，粥还没端上来，我便在手机上搜索起《南方的粥》一文，递给她看："据说用河水煮成的粥才别具风味。""一碗粥，传递着安慰与爱的力量。"喝着艇仔粥，我切实感受到了广州的温暖与接纳。

从知晓艇仔粥到真正品尝到它，整整过去了十年。

令我印象深刻的是，我们抵达"点都德"时，店内已是人声鼎沸、座无虚席；待我们餐毕准备离开时，门口更是人头攒动，候餐的队伍将过道堵得水泄不通。我纳闷询问，平姐笑着解释："大家都在等位子吃饭呢。"没想到在广州用餐竟要排队！这在沈阳确实少见，我唯一一次类似的排队经历是在北京某知名烤鸭店：坐在走廊里如同医院候诊般等待叫号。

吃完饭，平姐带我前往南越王博物院。途经广州城隍庙，我们入内参观，这是我第一次参观城隍庙。我在乡村长大，那时乡间常见土地庙，山里则有山神庙。我对城隍庙的认知，始于读

《聊斋志异》首篇《考城隍》，尤其记得那副醒目的对联："有心为善，虽善不赏；无心为恶，虽恶不罚。"小时候为故去的亲人烧纸钱时，母亲会在纸包袱（或纸信封）上写"城隍土地代办"，意为请城隍爷和土地爷帮忙转交纸钱给某位亲人。令我意外的是，广州城隍庙里供奉着海瑞。这位"海青天"虽生于海南（历史上曾属广东管辖），却在广州也深受百姓敬仰。

去南越王博物院前，我只知道赵佗之名，对岭南地方政权的历史知之甚少。如今既然把广州当作第二故乡，便开始留意珠江流域的地理与历史。好在如今获取知识便捷，手机一搜便知。原以为秦始皇因赵佗与秦同姓（嬴姓赵氏），故委以经略岭南重任，实则不然——赵佗初入岭南时实为秦军副将，协助主将任嚣平定岭南；战后始任龙川县令，是任嚣的下属。秦末天下大乱，南海郡尉任嚣病危，召龙川县令赵佗接掌南海郡，嘱其依险自守。任嚣死后，赵佗兼并桂林、象郡，封锁关隘，建立南越国。

赵佗与三国名将赵云（赵子龙）同姓。作为赵姓后人，我有时会想：祖上是源自战国赵国或两宋宗室，还是历史上改姓赵的少数民族？赵佗从北方南下岭南，成就一方基业；我作为赵姓后人迁居广州，开启人生新篇，内心亦隐秘期许着能在此地有所作为。

站在遗址的廊桥上，俯瞰干涸的宫苑井台，时光仿佛在心头流转，竟生出一丝莫名的熟悉感。

平姐告诉我，广州有2200多年的建城史。我提及沈阳亦有2300年历史，这让平姐颇感意外。

我们还走访了老广州最繁华的核心地带——北京路。沿街建筑融合了岭南特色与西式风格，透过玻璃地面，可见古代广州的道路遗迹。现代道路之下，层层叠压着历代的路基，仿佛诉说着文明的延续：我们脚下的每一步，都踏在历史的印记之上。

读过秦牧的散文《花城》，我一直向往亲历广州花市。虽未在春节前来，但北京路街口那簇拥的鲜花雕塑，仿佛让我触摸到了花市的余温。这份遗憾，就留待来年新春弥补吧。

* * *

广州人通常不轻易带朋友回家，但平姐与我同为残障人士，彼此理解，情谊深厚。我和阿丽送平姐回家，得以带着北方人"串门"的心情走进她的家门。无论南方北方，能登门做客的朋友，情谊必定非同一般。平姐坐轮椅，我拄长拐，两人就这样行进在广州的老街巷中。

平姐家位于老广州街区，街巷、楼宇皆保留着岁月的痕迹，未被过度"现代化"改造。陈旧破损的路面上布满坑洼裂缝，仿佛将人带回旧日时光。

在平姐温馨的居室里，我们喝茶赏字，听她讲述奋斗往事：她曾独自经营服装店、打印店，既是老板又是员工，创业颇为成功。40多岁时，作为残疾人优秀代表，她受广州市残联邀请入职——尽管当时自己经营收入更高，但出于对文学的热爱与帮扶残疾人群体的初心，她毅然选择了这份工作。在主编《广州D视角》期间，她为全国各地的残疾人作者刊发稿件、寄送稿费。稿费虽微薄，却让创作者感受到被认可的价值与尊严，温暖了无数孤寂的心灵。

感怀之余，我对平姐更生敬佩——她不仅克服自身障碍，更成就了惠及众多残疾人的事业。作为广州残疾人文学团队的引领者，她的关怀与影响早已跨越地域，让远在东北时的我亦受惠良多。

广州的老百姓家里过年,都要摆上这种喜庆的红橘盆栽,这习俗就好像西方过圣诞节要摆圣诞树一样。

正月初九,我一大早就出发去佛山,树柏大哥在地铁站迎接。屈指一算,我们竟已五年多未见,所幸半百之年容颜未改,兄弟情谊更浓。

瘫痪在火炕上的我,对着稿纸给英国女作家艾米莉·勃朗特写了一封信,表达对其作品及她本人的热爱。这是一篇散文习作,也是一封无法投寄、发表的"情书"。

走出去

一　小洲村·作家坊

在广州，有个秀美的南国水乡小洲村，小洲村有个作家坊，作家坊有个名为"露天吧"的微信群，得名于楼顶那个露天书吧——可品茗会友，昼沐阳光，夜赏星月。

我和陈志敏是老相识了，但也是未曾谋面的陌生人，几年前通过苏一刀的"露天吧"微信群加为微信好友。起初，我们还在群里聊天互动，后来便很少联系。然而，2023年1月13日晚上，志敏在微信里找我。他看到《不朽的丰碑〈白鹿原〉》出版消息，向我提出请求，希望得到作者何启治老师的签名赠书。这事我可以做到，只要喜爱《白鹿原》，都是何老师乐见的读者。

聊着聊着，话题自然转到我移居广州的事。我告诉志敏，我来广州定居了。

他马上问我，不走了吗？住在哪里呀？我说在黄埔这边，借住亲戚家里，将来还要租房子。他立刻问我想在哪个地段租房，我就说小洲村。

这就提起了一刀兄。志敏立刻联系一刀兄，商量近期见面，然后发来他的定位：南沙区党校。

我第一次知道广州还有个南沙区。后来，通过网络搜索才了解到：这是本世纪初成立的新区。南沙区的地理位置和自然生态环境都非常好，还考古发掘出三四千年前的"广州人"遗迹。

我原以为志敏住在党校家属楼，他解释并非如此，只是晚饭后散步时常来办公室加班整理材料。他给我发来介绍南沙区党校的短视频。我看到校园内的泉湖边有28尊红色文化石刻，吴仁副校长为大家讲党史，讲到陈望道翻译《共产党宣言》时聚精会神，错把墨汁当作红糖蘸粽子吃，老母亲问他甜不甜，他说甜。吴仁副校长笑着说，由此可见，共产主义是甜蜜的事业。

我向志敏介绍自己曾办过红色文史讲座。我担任《党史纵横》杂志特约编辑兼校对，并且跟随葛江洋大校走上了红色历史学习与传播的道路，曾讲授《毛主席长征诗词》，以及《真理之光照亮复兴之路》。志敏说合适的时候会帮我安排课程。

一刀兄通过微信告诉我，他的老岳父不幸病故，他需要料理后事，等春节后我们再聚。1月17日晚上，一刀兄说老岳父已经入土为安，他想第二天下午就见面，以缓解连日来的抑郁情绪。可是，何争哥与李燕东夫妻联系不上，电话也无法接通。第二天，我联系上李燕东，原来他们已经回高州老家了，那边有亲戚建新房需去贺喜，春节后才回广州。

18日午后，我和阿丽乘坐公交车，从楼下起点站坐到终点，来到珠江边黄埔港附近，然后乘坐网约车，绕行高速路桥过珠江。到了小洲村后，我们步行来到人民礼堂门前，一时晕头转向，不知该走哪条小巷。虽然以前来过这里，但是广州的小巷像八卦阵一样，不同于北方横平竖直的街道。

我联系一刀兄，他让我在礼堂门口等他，说来接我。在小桥边,我倚着石栏,这里熙熙攘攘,是个小市场,一个个大花盆里生长着橘子树,一个个小橘子密密麻麻,像绿叶丛中的小灯笼。我看到一个弯腰驼背的老人在跟卖红橘盆栽的商户讨价还价,对方是个年轻的姑娘,要价 200 元,老人还价 150 元,很快以 180 元成交,价格还真不贵。广州的老百姓家里过年,都要摆上这种喜庆的红橘盆栽,这习俗就好像西方过圣诞节要摆圣诞树一样。音箱里一遍遍地播放着:"好一朵迎春花,人人都爱它;好一朵迎春花,迎来大地放光华;好一朵迎春花,花开每一家。"我想起有一年春节,在陕西马嵬坡,那里回荡着这样的歌曲:"黄土坡上跑旱船,红红火火过大年,龙灯闪闪人欢笑,过一个吉祥幸福年。"

后来有一次,我说自己来广州没有看过花市,阿丽就说小洲村桥边的这个小市场就是花市。这和我心中想象的花市大相径庭,反差太大啦。

左顾右盼间,我看见了一刀兄那瘦削的身形,脖颈挺拔,如长颈鹿般优雅。我们笑着走向对方。来到作家坊,登上露天书吧,我们边喝茶边聊天,等待志敏。

我将自己刚出版的《多尔衮》,和何启治老师的《不朽的丰碑〈白鹿原〉》,一并赠予作家坊。

* * *

一刀兄堪称广州文学圈的一个奇迹。他原名苏小凯,与我名字中同有一个"凯"字,广东高州人,虽比我年轻,却早于我加入作协。他中学时便开始发表作品,这份才华令我望尘莫及。18 岁时,他参军入伍,在部队从事文化宣传工作;而我 18 岁时却因病"躺平",成了家里的负担。这非我所愿,我也曾胸怀壮志,奈何命运多舛,终是心比天高,命比纸薄。

2004年,一刀兄创办"一刀中文网",这一年我父亲病危故去,成为我人生中最黑暗的时光——父亲这座靠山倒了!"一刀中文网"后来入选国家新闻出版总署评选的"2008中国文学网站15强"。

2006年1月,"一刀中文网"主办首届"网络与文学"研讨会,近90位来自全国各地的作家、诗人、评论家齐聚广州座谈。这是一刀兄以一己之力促成的盛事,令我钦佩不已。同年,我的命运迎来转折:在辽宁省作协主席刘兆林老师的关怀下,我获得大病救助,置换了人工双髋关节,得以重新站立行走。

2009年,经何争与李燕东夫妻引荐,我与一刀兄建立联系,互赠作品。那时我仅出版《想骑大鱼的孩子》《我的乡园》两部作品,而一刀兄寄来诗集《在沙漠深处绿着》、小说集《水淹死了鱼》,好像还有"一刀中文网"创办的诗歌报纸。

同年,一刀兄在小洲村租下一幢四层楼,创办一刀作家坊,一层书屋供来访者免费阅读。著名诗人贺敬之题写的"诗人书屋"匾额,刻于古船木上,高悬于书屋墙壁。一刀中文网的"露天吧"设于作家坊顶层,是喝茶论艺的沙龙,二三楼设有会客厅与客房。我此前两次来访均居住于此,恍若置身书香弥漫的桃花源。

* * *

我特别迷恋作家坊的艺术氛围,因此想在此长居一段时间。当初一刀兄选址小洲村,正是因为这里临近大学城,汇聚了众多书画家，艺术氛围浓郁，自然人文环境极佳。

我谈及想在小洲村居住的意愿，期待融入毗邻大学城的文化艺术氛围，通过作家坊结识更多同道中人。一刀兄说这里房租便宜了，我心中暗喜，以为租房有望。但他随即提到，如今很多人已搬离这里，随着社会大环境的变化，作家坊往日高朋满座的盛况已不复从前。

等了许久志敏仍未到，天色渐晚，一刀兄提议去饭店等候。

作家坊挤在密集的楼群中，周围皆是檐角相接的"握手楼"，阳光难以透入，若不开灯，室内便昏暗潮湿。我从北方来，不太习惯这种格局。走到街上，我对阿丽说，租房子宁可多花些钱，也一定要通风好、有阳光。路边许多房屋窗口挂着出租广告牌，留有联系电话，看上去像是通风采光较好的房间，我拍了几张照片备用，但定居小洲村的热情已消退大半。

我特意在手机上定位，发现作家坊的网络注册名仍是"一刀中文网"。出楼门右转便是登瀛古码头，顺着碧水前行，可见破损废弃的木船半沉半浮于河汊里。记得曾听人说，龙舟平日埋于河汊淤泥中保存，端午才取出。木制龙舟以泥水保存，这是先人的智慧。不禁想起考古界的俗语："干千年，湿万年，不干不湿只半年。"

我们沿着江畔走到珠江的仑头海段，上游是石榴涌，下游为官洲河。步行至鹅公村水上餐厅——此前一刀兄曾带我来过这里。此处是真正的珠江口，水道密如织网。餐厅建在水上，木桩打入水中，九曲回廊蜿蜒于水畔，十分凉爽。灯光亮起时，流水中的倒影美轮美奂。

志敏夫妇姗姗来迟。北方惯称夫妻为"两口子",而广东人习惯称"两公婆"。稍后,志敏上大学的女儿也到了,是个漂亮的青春女孩。我与志敏虽初次见面,却毫无陌生感。谈及小洲村或许不再是租房的理想选择,志敏热情地邀我去南沙看看。我想,若条件合适,便随遇而安吧。

这次相聚十分尽兴,直到深夜我们才告别,彼时距除夕只剩两天。来广州两个半月,这是我首次与朋友相聚,实属难得而珍贵。

回家洗漱后,我在手机上搜索南沙区:该区2005年建区,地处广州最南端、珠江入海口,与深圳、东莞、中山相邻。作为新开发区,它不似广州市区那般拥挤。有地铁3号线从南沙直通白云机场,日后回北方老家或外出旅行,都将便捷许多。

二　咂摸年味儿

年前年后去小洲村和北京路,我两次下楼,见楼后的来安四街空旷冷清,几乎无人,街两边商铺大多关门,只有个别几家还开着。这里不是广州城区,聚居者大多是外地来此工作生活的人。春节一到,大家都回老家过年,街道便像退潮后的沙滩般空寂。

电梯运行得轻快了,没几个人用。我心中感慨,因自己不能回东北老家。

为了让春节有年味儿,我在手机上点了外卖饺子。配送很快,依旧是"广州速度",一些岗位仍有人坚守。匆匆吃了两个饺子,却尝不出记忆里的年节香味。

真正的年味儿，大抵便是乡愁。当年病困乡下，刚触网时我写过网文《人在家园亦乡愁》，那时愁的是走不出家门，也愁乡土农业的艰辛挣扎。

记忆中小时候的过年，真是红红火火、欢天喜地，东北大地的年节热情能融化冰雪。东北过年要有雪花飞舞，无雪的冬天总觉得缺了什么。近些年，冬天的雪莫名少了。小时候，漫长的冬季满眼皆白，雪厚处能掏雪洞，孩子们钻来钻去打雪仗。小孩不怕冷，光脚踩在雪上，融化的雪窝边，小脚还冒着热气。对南方人来说，东北那"旮旯"最值得炫耀的便是雪，"雪国""雪乡"是我偏爱的词。

干燥无雪的冬天总觉得"不正经"，无雪的正月，年味儿也寡淡。雪花是有清香的，猛吸一口，爽得五脏六腑都通透了。一下雪，冬天才算真正开始。而过年从何时起？"小孩小孩你别哭，过了腊八就杀猪""小孩小孩你别馋，过了腊八就是年"——古老的童谣泄露了天机。杀年猪时，肥猪的嚎叫声在雪野上翻滚扩散，邻村都能听见。山海关外，有一道硬菜叫"杀猪菜"：从泛着冰渣的缸里捞出几棵酸菜，切作细丝，从热锅里捞出几块焯过血沫的五花肉，斩成肉片，加上灌好的血肠，炖上满满一大铁锅，咕嘟冒泡，血肠和肉片好似还在跳动。

吃不完的猪肉埋在雪里保鲜。冰天雪地本就是天然大冰箱，东北无需像南方那样费神做腊肉。挑雪厚处，表层有灰的雪不要，贴地的脏雪也不要，只取中间干净如白糖的白雪。洗净缸坛，先铺一层雪，摆一层肉块（猪肉斩成拳头大的块，冻得硬邦邦），再铺雪压实，如此堆叠，可达六七层甚至十层。将缸坛挪到墙角背阴处,取肉时扒开雪,一块块肉能吃到春节后三四月。还有更简单的法子:在院子里堆个大雪堆,埋入肉块后泼水浇透,冻成坚硬的冰壳,即成储藏猪肉的冰雪堡垒。

靠山吃山,靠水吃水,靠冰雪便用冰雪。过去人冻僵了,不用热水施救,而是用雪不停搓擦,待皮肤泛红,冻昏的人往往能缓过来。过年点灯笼,南方扎制麻烦,东北做冰灯却省事:家家都有的铁桶装满水,夜里放户外冻成冰壳,用烧热的铁炉钩子在冰壳上烫个拳头大的洞,倒出中间的水,再将铁桶在火炉上快速烤两圈,冰壳便脱出来,这就是冰灯。一对冰灯放门前,夜里点亮,耀眼如星,是茫茫黑夜中的温暖光点。

更有爱美的人家,会在冰灯里冻红鲤鱼。天刚破晓,我随五哥扛着捞网到村前冰河,呼出的白气如烟囱冒烟,棉帽和眉毛结满白霜,两个少年活像小老头儿。戴棉手闷子,用铁钎扎破冰窟窿里的薄冰,鱼儿便冒头吸氧。伸网搅动水面,鱼儿顺势入网。红鲤鱼舍不得吃,养在水缸里,等除夕年夜饭时炖了,图个"年年有余"。清晨,母亲用瓢砸开厨房水缸的冰层舀水煮饭,一大两小三尾红鲤鱼静静伏在缸底。过年时,把冻弯的小红鲤鱼沾水冻在冰灯壁上,像在冰灯里游泳似的。

如今,东北南部辽河岸边的村庄已很少做冰灯,家家屋檐下挂着集市买来的红绸布大灯笼,孩子们对放鞭炮也兴味索然。虽说年味儿淡了,但这何尝不是好事、不是进步?几十年前,生活落后,娱乐匮乏,放鞭炮、扭秧歌是孩子最盼的乐子,人们猫冬闲得慌,"耍正月,闹二月,哩哩啦啦到三月",不出正月都是年。出了正月,二月二龙抬头吃顿猪头肉(杀年猪时的猪头,过年祭拜过祖先,特意留到这天),年才算过完。

* * *

现在人口少了、生活好了,日常便如过节,不再渴盼过年"穿新衣、戴新帽、吃好嚼果"。从前孩子多,追着吃的跑;如今家长追着孩子喂,孩子却没胃口。村里不养猪鸡了,肉蛋却吃得更多,生活蒸蒸日上。过年,如今更多是承载亲情团聚的仪式。人们天各一方,一年能团聚一次便难能可贵。但也发现,血缘有时未必带来亲情:我们小时候,姑舅亲、两姨亲的表兄弟姐妹一起长大,感情亲昵;如今的孩子,除了亲兄弟姐妹,表亲观念淡薄。因儿时缺乏相处,见面不打招呼,各玩各的手机。长辈让交往,反遭嫌弃"落伍"。

当血亲间的亲情渐淡,社会自会有新的情感联结方式,一起长大的同学玩伴,或许会成为重要的情感依托。电视剧《人世间》堪称"过年"主题剧,一场场过年戏里,家人只有过年才聚,平日各自忙碌却彼此牵挂。如今春节,这份牵挂仍是情感核心。城中村、工业区人去屋空——这便是当代过年的另一面景象。

去年我特意回老家过年,鞭炮声稀少,乡土娱乐没了,过年不过是直系亲戚间吃请走动,吃完便觉年已过完。等务工者回到城中村、返岗复工,新的一年便开始了。近些年有几个春节在岭南梅州度过,过年于我,心境已变——想说爱你不容易了。年依旧是日历上的页码,只是老人们渐次离去,我们也在变老。日子过得务实了,思想也需更新,怀恋过去并非想重演往昔,那反而可怕。我不盼孩子学我冻冰灯,只望他能攀越人生的"珠穆朗玛峰"。父母皆愿孩子活得比自己精彩,实现自己未竟的梦想。

当今孩子少接触自然，窝在屋里玩手机游戏，对他们来说，手游如同中老年人的麻将，是最大乐趣。这代在手游中长大的孩子，或许对年的感知会越来越淡。如今，即便路远堵车，人们仍想方设法回家；但多年后，春运或成历史，"老家"概念也可能消逝。每代人有其使命，手游中成长的孩子亦有未来，明天终归属于他们。我们当以发展眼光看世界，未来必定乐观，且随社会大潮向前吧……

黄金周开始，华夏大地人潮涌动；黄金周结束，潮水退回城市。来安四街苏醒，道路似解冻的河重新活泛，汽车穿梭如舟，人来人往，万象归常。

这，便是我在广州度过第一个春节的所感所想。

三　过佛山

佛山在我记忆中非常有名，总让人想起"再向虎山行"的豪迈。我想来广州，也向往佛山。此前虽来过广州，却从未想过去佛山。

1月30日，我去佛山会见徐树柏大哥。这是我来广州后第三次出远门，格外郑重。徐树柏曾任沈阳下辖新民市文化馆《新民文化》主编，助力过许多地方作者成长。我们相识于沈阳市文化局组织的母亲河探源采风活动。我回辽中区文化馆分享《白鹿原》时，树柏大哥带了八九人捧场。他退休后随女儿定居佛山，常从他的朋友圈窥见南方生活，令我羡慕，如今我也来了。

十几年前，我曾在网上倡议设立农民节，并写下短篇小说《农民节》(后在《辽河》杂志发表时改名为《绿叶蒸饺》，收录于华文出版社年度佳作选时恢复原名）。后来有天晚上，树柏大哥微信告诉我："兄弟，你写的绿饺子小说里的农民节，这回真有了！"我惊喜追问，他发来链接："自2018年起，将每年秋分日设立为'中国农民丰收节'……"

那一刻我非常激动——国家设立农民节虽非直接采纳我的建议，但我的倡议契合国家大政方针，与乡村脉搏同频共振。2008年，我在新浪博客发布建议设立农民节的公开信，被推为头条并转载于多家网站。我当即搜索，在中国水资源网找到《我为什么建议设立农民节？》截图存证，随后在博客与朋友圈分享《我的心愿实现了：中央设立农民节》。整整十年，倡议成真，这喜讯正是树柏大哥带来的。

缘分奇妙。2018年9月23日（农历秋分），首届中国农民丰收节主会场设在北京，梅州是六个分会场之一。倡议农民节时，我尚未走出村庄、结识阿丽；如今她的家乡成了庆祝会场，梅州特产黄金柚在会场堆成山，隔着屏幕都能闻到芳香。我笑称自己像个预言家！

2019年来广州讲学时，我本与树柏大哥有约，却因自己行程仓促失之交臂。此次定居广州，他邀我去佛山看风景。一查地图，广佛已同城化，如同沈阳与抚顺，乘地铁可直达。正月初九，我一大早就出发去佛山，树柏大哥在地铁站迎接。屈指一算，我们竟已五年多未见，所幸半百之年容颜未改，兄弟情谊更浓。

等待另一位老乡时，我们聊起沈阳旧事，聊到共同认识的人、未知的故事，如解密般畅快。树柏大哥说："这里外来人口多，年轻人好打交道，但个别上年纪的人可能瞧不上北方人，或是方言难懂、普通话不流利，所以不愿交流。"

美女老乡甄芷晴到来，竟觉面熟——原来曾在辽宁文学院有过一面之缘！树柏大哥带我们去一家饭店，席间有道小吃形似蒜头，外裹面皮、内包鱼籽，味道鲜美。问服务员得知叫"鱼籽蛋"，后来我网购过，却不及饭店里的风味。此番为写清楚，特意查证，方知其标准名为海胆丸或鱼籽包，南方小吃的精巧令人赞叹。

午饭后首站去梁园，这是广东四大名园之一（与余荫山房、清晖园、可园并称"岭南四大园林"），由清代梁氏叔侄四人历时半世纪建成。入园但见亭台水榭、曲径回廊，厅堂屋室相连如迷宫，私想若在此拍摄追逐戏一定很精彩。转了一圈，深宅大院的格局让我颇感压抑，遂驻足池边——池水清浅，水底绿草如茵，喷泉激起涟漪，金黄的阳光透过檐角竹梢洒落水面，波光粼粼，灵动可人。我想，池中若无游鱼反而妙哉，免了千篇一律。遂发朋友圈小视频，配文"梁园最美是水草"。很快有人评论："在康河的柔波里，我甘心做一条水草。"

沿着竹林小径前行，我因腿脚疲累不愿深入，自觉已"打卡"梁园。下一站是佛山最著名的祖庙。此前只知"佛山无影脚""黄飞鸿""叶问"，却不知两位武术名家皆与祖庙渊源深厚。树柏大哥带我们寻舞狮表演场，奈何人潮汹涌，恐在外围难见真容，遂放弃，转去参观叶问堂与黄飞鸿纪念馆。我虽对武术兴致不高，却记住了他们皆是佛山人。

告别树柏大哥，拥抱挥手，乘地铁返程。从佛山回广州东端的家，穿越整个城区耗时近四小时。广州地铁座椅光滑，坐时需双手撑住以防滑坠，倒也留意到车厢广告中的文化韵味：一幅木棉图配诗"十丈不群，羊城无处不逢君……"，另一幅珠江泛舟图配诗"木棉盛开，越秀山就倾了国……"。

佛山之行，因树柏大哥多了份亲情联结。此刻我对广州仍有陌生感，心想：待阿丽呼吸道调养好了，或许还会再带她回北方。

四　写给梦想的情书

1月28日晚，惊闻著名翻译家杨苡先生仙逝。此前一日，著名翻译家李文俊先生亦病故。李文俊享年92岁，杨苡则享寿103岁，两位译坛前辈的离去令人感慨。

杨苡的译作《呼啸山庄》曾深深触动我的少年时光，李文俊翻译的福克纳长篇小说《喧哗与骚动》及短篇小说《献给艾米丽的一朵玫瑰花》，则陪伴了我的青年岁月，后者更是我经常重读的偏爱之作。

1992年，在东北辽河岸边的小村庄，瘫痪在火炕上的我，给英国女作家艾米莉·勃朗特写了一封信，表达对其作品及她本人的热爱。这是一篇散文习作，也是一封无法投寄的"情书"。

《呼啸山庄》译者杨苡的"苡"字，我此前未曾见过，觉得字形美观又新奇，还专门翻字典查询。小说序言介绍了艾米莉的身世，她30岁便被病魔夺走生命，如流星般短暂却耀眼。1847年，29岁的她以男性笔名出版《呼啸山庄》，在世界文学史上留下永恒光芒。

那时，黑白电视播放台湾地区改编自日本小说《冰点》的同名电视剧，剧中女孩提到在读《咆哮山庄》，我立刻知道她说的是《呼啸山庄》。

在我十四五岁时，四哥从村委会图书室借来四本书，其中法国司汤达的《红与黑》和英国的《呼啸山庄》这两本尤为重要，它们是我最早接触的世界文学名著，奠定了我的文学根基与审美趣味。

《红与黑》中于连的故事虽吸引我，但大段枯燥议论让我读不进去。而《呼啸山庄》很少议论，描写奇异，开篇对呼啸山庄树木扭曲倾斜的环境描写，让我后来特意观察家乡辽河平原上被大风吹斜的杨树。书中男女主人公的生死爱恋深深打动着我，触痛了我缺少爱情体验的青春心灵。

《呼啸山庄》的男主人公希刺克厉夫原本英俊，却因失去爱情执着报复，变得面目狰狞。女主人公凯瑟琳曾向女仆吐露，她答应要嫁给林惇少爷，但内心对林惇的爱如树叶会变化，对希刺克厉夫的爱却似恒久不变的岩石。身在暗处的希刺克厉夫只听到前半句便愤然出走，三年后成为有钱人归来报复。

回溯当年，呼啸山庄的老主人恩萧先生带回一个五六岁的流浪儿希刺克厉夫。在老主人的庇护下，这个野孩子与小女儿凯瑟琳一同成长，成了荒原上肆意奔跑的精灵。这份偏爱却招致老主人儿子辛德雷的嫉恨。恩萧先生过世后，继承山庄的辛德雷对希刺克厉夫百般欺压。有一天，这对少男少女好奇溜去邻近的画眉田庄，在贵族氛围的熏染下，凯瑟琳最终选择嫁给门当户对的田庄少爷林惇。

复仇的种子在希刺克厉夫心中疯狂生长。他引诱酗酒的辛德雷赌博，使其输掉呼啸山庄，又刻意在辛德雷的小儿子哈里顿心中埋下对父亲的仇恨。当辛德雷堕落死去，希刺克厉夫成为山庄主人。他假意引诱林惇的妹妹伊莎贝拉私奔，婚后却对妻子肆意虐待。伊莎贝拉逃走后生下儿子小林惇，十二年后离世。而这一切疯狂的报复，不过是他对背叛的凯瑟琳爱恨交织的宣泄。

凯瑟琳重病临死前，希刺克厉夫在她床前悲怆告白："我饶恕你对我做过的事，可是害了你的人，我又怎么能够饶恕他？"凯瑟琳在生下女儿小凯蒂后，含恨而逝。十几年后，希刺克厉夫为彻底掌控画眉田庄，强迫小凯蒂嫁给自己体弱多病的儿子小林惇。待小林惇病死，希刺克厉夫再无牵挂，绝食自尽，只为奔赴黄泉与凯瑟琳重逢。

故事的最后，辛德雷的儿子哈里顿与小凯蒂相爱，让呼啸山庄和画眉田庄重归平静，而希刺克厉夫与凯瑟琳这两个相爱的魂魄终于自由自在地在原野上飘荡。小说结尾那句话令我难忘："我纳闷有谁能想象得出，在那平静的土地下面的长眠者竟会有并不平静的睡眠。"我始终偏爱杨苡译本，觉得"不平静的睡眠"比其他译文"不得安睡"更有味道。

1995年，大洪水冲倒我家房屋，卷走了我喜爱的书籍和文稿，包括给艾米莉的信，但《呼啸山庄》永驻心间。那深绿色封面、倾斜大树旁绝望呼唤的男主人公形象，至今想起，仍栩栩如目。

艾米莉·勃朗特是19世纪天才女作家，虽几乎足不出户、情爱经历匮乏，却创作出情感极致浓烈的爱情与复仇史诗。《呼啸山庄》是一部超前于时代的杰作,在其诞生之初难以为世俗所理解和接受。

我认为《呼啸山庄》是一部极具戏剧性特质的小说。封闭的环境如同一个限定的舞台,人物情感冲突被推向极致。它对善恶的剖析及爱恨本质的解读,深刻影响后世,被公认为现代主义文学先驱之作。

勃朗特三姐妹乃英国文坛佳话。大姐夏洛蒂以长篇小说《简·爱》享誉世界,作品闪耀着早期女权主义的思想光芒;小妹安妮虽有两部小说传世,然文名稍逊;二姐艾米莉的《呼啸山庄》则后来居上,其对人性的剖析,在艺术成就上甚至超越了《简·爱》,足以比肩莎士比亚戏剧对人性的刻画深度。

《简·爱》的结尾——女主人公回到失明的罗切斯特身边——曾深深打动我心。而《呼啸山庄》的结尾,一对相爱的灵魂最终携手游荡,则在我病困如囚的岁月里,投下一束希望之光。

杨苡出身天津书香之家,求学西南联大,1953年开始翻译《呼啸山庄》,1955年出版。她将梁实秋所定《咆哮山庄》更名为《呼啸山庄》,此译名广为接受,既淡化了原译名的诡谲感,又平添诗意,为小说普及贡献巨大。

杨苡先生仙逝,网络掀起怀念热潮。若她人生未遇《呼啸山庄》会怎样?历史选择了她,她为中国读者架起了通往这座世界文学圣殿的桥梁。感恩!祈愿杨苡先生拜会艾米莉·勃朗特小姐时,能将我30年前那封无处投递的心意,代为转交。

一般来说，帆应祈求风平浪静，但莱蒙托夫诗中的帆充满战斗精神，是主动向暴风雨挑战："来吧，来啊，试试看，你能把我咋的？！"

我闭上双眼，跟着节奏轻轻哼唱，感觉自己化作一个音符自由飞翔，整个人仿佛投身于黄河的滚滚浪涛，满心都是战斗的豪情，誓要冲破命运的枷锁。

当我踏上涩湄村，追寻着冼星海的足迹，或许某一步就恰好落在他童年的脚印之上。我踏着英雄的旋律，在艺术之路上勇往直前，真正体会到了"顶硬上"的精神。

星海旋律起
涩湄

"风在吼,马在叫,黄河在咆哮,黄河在咆哮……"

我少小就会唱这首歌——《黄河大合唱》,光未然作词,冼星海作曲。印象中,隐约记得冼星海是广东番禺人。但在我的意识里,冼星海与番禺始终未能紧密联系起来,因为我从未想过自己会和广东结下如此深的缘分。

命中注定,这份缘更深。来到广州两个半月后,冼星海"找"我来了。

1月30日,那是我去佛山看望徐树柏大哥的日子。晚上,南沙区陈志敏发来微信:"你一定知道冼星海吧。""人民音乐家嘛。""对呀。他是广东人,老家就在番禺。现在冼星海的老家,榄核镇湴湄村已从番禺划归南沙了。"

"赵老师,我现在正和湴湄村的张书记在一起。在冼星海故里有一个红色纪念馆。现在从国家到省市各级都很重视红色文化,计划扩建改造星海纪念馆,需要请人帮忙写宣传材料。你愿意做这件事吗?我向他们推荐了你。"

"好哇,谢谢,这是我的强项啊。在辽沈那边,我也做过地方文化宣传工作。"

放下电话,我立刻上网查询冼星海的信息。

第二天上午,微信里有人添加我,正是榄核镇湴湄村的张志煮书记。下午，张书记打来电话，聊了半个小时，我明白了他的想法。

以前，公认的说法是冼星海出生在澳门，祖籍番禺。这回我了解到，他生于水上人家疍民的船上，小时候漂泊不定，居无定所。疍民是一个特殊的水上族群。世代以船为家，绝大部分生活都在水上进行。我知道不仅在岭南，长江、运河等水系也曾有类似的水上居民。

我花了大量时间探寻疍民族群的渊源。其来源说法不一，有福建说、江西说、粤西说，也有观点认为源于本土古越族，或由北方南迁的贫民形成。这些说法皆有依据。由于历史上北方战乱不断，百姓南迁，与当地族群逐渐通婚融合，疍民很可能就是这种融合的产物。

我还查到疍家民歌《顶硬上》，这是冼星海小时候母亲教他唱的咸水谣。冼星海长大后，将《顶硬上》的词曲进行规范整理，确定了正式歌谱。我很喜欢"顶硬上"这个词。这虽是岭南方言，却浓缩了坚韧的中华精神，彰显出强韧的生命力与搏击进取、不屈不挠的品格。现在的我，初到广州，正需秉持"顶硬上"的精神，才有可能站稳脚跟。我自认为这是个好兆头，仿佛冥冥中冼星海前辈在指引我，是广州在敞开怀抱迎接我。这片土地仿佛在对我低语："顶硬上吧！"

我想起自己病瘫的岁月里，俄国莱蒙托夫的《帆》飘入我心中，成为我最喜欢的诗篇："在蔚蓝的大海上，有一片孤帆闪耀白光。它追求什么，在遥远的异地？它抛下什么，在可爱的故乡？"这第一段就让我无比共鸣。那时我躺在偏远乡下的火炕上，孤独至极，虽然有家人照料，但在精神追求上，我却无人分享。我尤其羡慕《简·爱》和《呼啸山庄》的作者勃朗特姐妹，她们生活在英国荒凉的乡村边缘，还能有共同的文学理想可以探讨交流。尽管我严重病瘫，生活不能自理，丧失了行走能力，但我的精神世界却从未被困囿。它自由地飘荡于千山万水，穿梭于典籍文史的瀚海，攀登在我心中的"华夏五文豪"和"外国文学八大家"的精神高峰上。《帆》的结尾是："它在不安地呼唤风暴，仿佛只有在风暴里才会获得安详。"有人翻译成"祈求风暴"，但我觉得"祈求"一词不准确，"祈求"带有央求、哀求、请求饶恕之意。我直觉此处应像高尔基《海燕》中所写，黑色的精灵在狂风暴雨、乌云闪电间高傲地飞翔呐喊："让暴风雨来得更猛烈些吧！"这是战斗者的姿态。《帆》中的帆也应如此。一般来说，帆应祈求风平浪静，但莱蒙托夫诗中的帆却主动向暴风雨挑战："来吧，试试看，你能把我咋的？！"我把自己对厄运的反抗，投射到对《帆》译诗的解读上，这其实就是"顶硬上"精神的体现。

随后一周，我深入了解冼星海的相关资料。网上信息鱼龙混杂，需仔细甄别，方能得出合理判断。

关于冼星海的出生地，张志愙书记表示，据说冼星海的女儿冼妮娜和家乡的老人都说他出生在涹湄村，希望能为这个说法提供坚实支撑。冼星海的母亲黄苏英在丈夫离世半年后生下遗腹子，坐月子期间，她既要照顾自己又要养育婴儿，十分艰难。于是她离开涹湄村，回到娘家，依靠老父亲生活。这在情理上是完全说得通的。

但是过去北方的风俗是，"嫁出去的女儿泼出去的水"，出嫁的女人守寡后回娘家居住，容易被人认为不祥。星海母亲此举实属无奈。

公开资料多称冼星海祖籍番禺，出生在澳门，长于澳门。这其实也很好解释。不妨猜想一下：是谁说冼星海出生、生长在澳门呢？答案很可能就是冼星海本人。

就像我们结识新朋友时，会互相问候家乡何处。以我自己为例，来到广州后，新结识的师友问我是哪里人，我只能说辽宁沈阳。其实，我是沈阳市辽中区肖寨门镇后老薄村人，但要是这么介绍，对方会一脸茫然。如此看来，冼星海也是一样，为了快速介绍自己，便说来自澳门，而不会提及榄核镇湴湄村，那里对于外地人来说太过陌生。

冼星海英年早逝（享年 40 岁），如果他能亲历新中国，或能在档案中明确出生地。目前，张书记所述口述史料（冼妮娜转述母言、家乡老人见过童年冼星海）的真实性颇具分量，似乎足以支撑其愿景：让人民音乐家的出生印记，回归"故里"。

基于此，我尝试在逻辑上构建一种可能性（即他实际出生于湴湄村）。

2月6日午后，我应邀去了湴湄村。为写好冼星海宣传稿，我必须到他的故里走一趟。就像当年写《大辽河中》，我只有到辽河去，亲身感受，才能找到倾诉的感觉，写出满意的作品。不到湴湄村走一走，我担心找不到那种意韵，把握不准冼星海的精气神，无法实现与他"灵魂相遇"。

从我的住处到湴湄村，一路上要跨过许多桥，经过无数水道。这里是珠江口，河网密布。榄核镇原名榄核围，湴湄村旧称湴湄围，因为当年这里被水道环绕，是珠江口冲积出的"万顷沙洲"，经岭南人民开垦方成沃土。

前往湴湄村的路上，车窗外逐渐呈现出真正的乡村景象，有平坦的良田、低矮错落的房屋，道路在田野中央。就像梅州自称"叶帅故里·世界客都"，打造了剑英绿道等红色地标，湴湄村也有星海路，村委会和冼星海（故里）纪念馆就在路边。

我和阿丽到达后，联系了张志焘书记。这是个年轻小伙子，家乡是梅州五华，与阿丽是同乡。和张书记一起迎出来的，还有湴湄村党支部书记林有娣。随后，陈志敏老师、榄核镇的主要领导、一位香港导演及一位曲艺家（口技精湛，尤擅模仿鸟鸣）陆续抵达。我们十几个人一起参观了冼星海（故里）纪念馆，由张书记讲解。冼星海的生平轨迹，我此前已较为熟悉。

纪念馆虽简约质朴，但在村庄里能有这般规模的红色文化场馆，已属不易。展览中有几处关键内容，我拍了照片留存。

从纪念馆出来，马路对面便是星海公园，一尊冼星海铜像矗立其间——他身着八路军军装，手持指挥棒，头发如旋律般飞扬，恰似音符的统帅。

* * *

左转步行三五百米，便到了香云纱生产基地。小小的湴湄村，竟孕育出两张耀眼的文化名片：一是彪炳乐史的冼星海，二是国家级非物质文化遗产香云纱。

此前我从未听说过"香云纱"，此刻觉得这三个字格外优美。基地门前立着一块金黄色大石头，上面朱漆刻着"香云纱"三个字，我拍照发至朋友圈，炫耀一把，也宣传宣传。

香云纱的生产与产地环境密不可分。它的颜色源于一种叫"薯莨"的植物染色。这种薯莨根茎粗大，形似大地瓜、大土豆。我询问能否食用，老板说不可以。香云纱还需用珠江的河泥浸沤后晾晒。草坪上，一匹匹长长的纱布铺展开来，劳动场景宛如大型地景艺术，非常壮观。"谁持彩练当空舞？"正是涟湄巧匠。

走进展览室，香云纱制品琳琅满目，旗袍、长裙等各式衣装俱全。香云纱的褶皱天然如瀑，摸起来很爽滑，又似有丁点儿磨手感觉。想来穿着时汗不沾身，必定凉爽透气。

为何叫"香云纱"？它原名"莨纱"，因纱衣穿在身上轻灵飘逸，行走时会发出"沙沙"的摩擦声，故称"响云纱"，后来取谐音定为"香云纱"。

除了五颜六色的各式服装，现场还有香云纱提包、鞋帽等产品。那位口技艺人当场仿作鸟鸣，仿佛让香云纱上印染的花鸟都飞了起来。老板介绍花色时，自豪地说："一夸一纱，一夸一世界。"我一时发懵，稍作琢磨才知是"一花一世界"。

* * *

我跟随张志焘和林有娣两位书记回到涟湄村委会楼上会议室研讨工作，现场播放了冼星海之女冼妮娜回到涟湄村的录像。看到关键处，我怀疑自己听错了，连忙请人回放——原来冼妮娜说的是父亲出生在澳门，这无异于给我原先所有的合理化猜想泼了一盆冷水。好在冼妮娜提到，冼星海五六岁时曾随母亲在涟湄村生活过两三年，当时是冼星海的外公陪着女儿和外孙在此居住，他们的船就停泊在村边树下，偶尔上岸采买物品。此前村里曾在河边搭过一间茅草屋，权作祖孙三代遮风避雨之所，但从疍民生活习性考量,这间茅屋可能很少使用,终至废弃。

来之前我与张书记沟通,希望和村里冼氏家族最年长的老人聊聊。当时张书记答应了,如今却称找不到这样的老人,村里根本没有冼氏家族。我这才明白,当年的疍民以水为家,漂泊不定,湴湄村只是冼星海家的船常停靠或阶段性驻留的地方,算是一家人的避风港。遇到恶劣天气,他们便会暂时远离江海,回到这里躲避台风暴雨。

终于弄清楚,湴湄能够成为"星海故里",源于冼妮娜根据母亲转述,到番禺考察后指认湴湄村是父亲童年生活过的地方,这是最重要的印证。

我和两位书记分析资料,提出以冼妮娜在录像中声称"童年生活两三年"的线索为切入点强化宣传,这一构想得到了他们的认可。

次日上午,张志焘书记发来冼星海母亲写的《冼氏家世》图片。这应是黄苏英老人给儿子的家书,里面写明了他的父亲和祖父的名讳、生卒年份。前一天下午谈及这幅家世图时,我曾疑惑:冼星海的母亲识字吗?疍民船家长大的女子,有机会学习文化吗?张书记说那字写得还挺好。

我一看图片上这纸信文就明白了,这是出自专门替人写信的代笔人之手——冼星海母亲口述,代笔先生书写。信中有些字我认不出,张书记请书法家辨认,仍有部分存疑。信的内容如下:

祖父名容添,祖母卢氏,操工作业。

父亲名喜泰,生于阴历己巳年九月廿六日亥时,操航海业，寿命卅六岁，终于十月初五日申时。

母亲黄氏，生于壬申年四月廿四日酉时。父殁时母卅三岁。儿出产澳门，生于父殁越年五月十一日亥时，自一至五岁多奇病，有生以后寄居外祖父家（名黄锦村，也操航海业）。

及七岁，外祖父殁，遂迁居星洲。后来各事谅必知之。

籍贯番禺，此是汝所历大要，至于琐事已不复记忆矣。

——母黄氏字达　夏历年

冼星海的夫人钱韵玲在《忆星海》中谈道："星海出生在一个贫苦渔民的家庭，因为是在星夜大海之中的渔船上降生，母亲就给他取名星海。"从这个诗意的名字看，冼星海的母亲是一位有慧根和生活智慧的女子。

* * *

经过认真琢磨，我确定了宣传稿的标题——《星海旋律起涟湄》，并构建了写作框架。

这样，我下笔就有的放矢了。经过反复修改，到了2月11日晚上，我才感觉把冼星海与涟湄的关联梳理清楚、表述准确了。恰好志敏发来消息，我就顺手把宣传稿发给他把关。

宣传稿中最难写的便是"冼星海与涟湄"这部分。接下来的内容，要展现少年冼星海在新加坡入学时崭露音乐天赋，得遇伯乐提携；随后回到广州读书，又赴北京、上海研习音乐，勇闯巴黎登上世界音乐殿堂。他两手空空却怀揣一腔热血，凭借"顶硬上"的精神在漂泊中成长。当面临留在法国深耕艺术象牙塔，抑或回到烽火连天的祖国投身救亡的历史抉择时，冼星海毅然选择了后者，以音乐为武器，投身于救亡图存的时代洪流。

  延安既是革命圣地，也是冼星海的艺术圣地。延安的革命浪潮为他的创作注入思想力量，使其音乐才华绽放出太阳般永恒的光芒。可以说，若冼星海未赴法国巴黎留学，或许难以达到那般艺术高度，天赋可能被埋没，也难获国际乐坛的广泛认可；若他未去延安而选择前往重庆，则可能不会诞生《黄河大合唱》。如此一来，他或许只会是一位普通音乐家，而非音乐界的思想家，其作品更无法攀登至中华救亡音乐的巅峰。

  我为冼星海写了一首所谓的七言绝句：

> 星海旋律起涖湄，
> 学冠巴黎报国回。
> 黄河唱响延安塔，
> 客陨魂绕岭南梅。

  如同北京之于鲁迅，延安也成就了冼星海。在现代中国文化星空中，一位文坛巨擘，一位乐坛巨匠，交相辉映。伟大的天才，唯有站在契合的高端平台，方能大放异彩。冼星海创作《黄河大合唱》后，周恩来总理曾赞誉他："为抗战发出怒吼，为大众谱出呼声。"我们大多知晓冼星海在延安创作了《黄河大合唱》《生产大合唱》等众多经典作品，却鲜有人知，他在延安鲁迅艺术学院实际仅生活工作了一年半。更不为人知的是，为完成纪录片《延安与八路军》的后期配乐工作，他告别妻子钱韵玲与女儿小妮娜，远赴苏联。后因德国进攻苏联，战争爆发，冼星海归国受阻，无奈滞留于中亚。

在哈萨克斯坦漂泊期间，冼星海的艺术生命依旧绽放出全新的艺术之花。正如他为中华民族铸就了崇高的音乐丰碑《黄河大合唱》，他也为哈萨克斯坦创作了交响诗《阿曼盖尔达》，以此歌颂其民族英雄。这部作品深受哈萨克斯坦人民的珍爱，成为其重要的音乐遗产。这段经历，无疑丰富了冼星海作为音乐家的国际视野和人文情怀。

世界反法西斯战争胜利后，冼星海因积劳成疾，病情日益沉重，被送往莫斯科治疗，无奈沉疴难愈，最终溘然长逝。

冼星海离世的消息传回延安，当地隆重举行了追悼会。毛主席亲笔题写挽联：为人民的音乐家冼星海同志致哀。从此，"人民的音乐家"这一称谓，成为冼星海无上崇高的荣誉。

至1975年，钱韵玲致信毛主席。经特批，北京举行了盛大的聂耳、冼星海纪念音乐会。人们以这样的方式，缅怀这两位为中国近现代音乐事业作出卓越贡献的先辈。

* * *

在撰写冼星海宣传稿、制作幻灯片的过程中，我得以重新深入体会《黄河大合唱》及其衍生的钢琴协奏曲《黄河》所蕴含的磅礴艺术力量。2月19日，从上午到午后，我沉浸在钢琴协奏曲《黄河》的世界里，在电脑前一遍遍播放，静静聆听，全身心投入其中时，生命仿佛随之激荡，灵魂也受到强烈震撼。我闭上双眼,跟着节奏轻轻哼唱,感觉自己化作一个音符自由飞翔,整个人仿佛置身于黄河的滚滚浪涛中,满心都是战斗的豪情,誓要冲破命运的枷锁。

我看过多个版本的《黄河》演奏,钢琴家殷承宗的演绎堪称经典。作为《黄河》钢琴协奏曲的主创之一,他在演奏时,眼神、肢体姿态与乐音变化浑然一体,配合得天衣无缝。如同词作家光未然与作曲家冼星海合作铸就了《黄河大合唱》这座音乐丰碑,由殷承宗等人改编创作的《黄河》,成功地将这部经典作品以另一种恢弘的器乐形式呈现于世界乐坛。尤其是结尾处在当时特定历史背景下融入《东方红》旋律,不仅自然流畅,更将全曲推向最高潮,实现了震撼人心的艺术效果。

广东番禺是冼星海的祖籍和童年重要记忆地,孕育了他精神的部分根基(如疍民"顶硬上"精神),而他的巅峰之作《黄河大合唱》则是在延安的革命熔炉中,融合其卓越音乐才华和民族救亡激情创作出来的,是献给整个中华民族的瑰宝。冼星海的音乐贡献,是一面艺术旗帜,奏响了中国革命的最强音,象征着黄河、长江与珠江的壮丽"合唱"。

由衷感谢志敏,感谢涩湄村张志焘书记。若没有他们的引领,我无缘深入了解冼星海。当我踏上涩湄村,追寻着冼星海的足迹,或许某一步正与他童年的脚印重合。我踏着英雄的旋律,在艺术之路上勇往直前,真正体会到了"顶硬上"的精神。能为宣传冼星海尽一份力,我深感自豪。这也是我来到广州刚过百天,为这座城市、为广东、为岭南做的第一件有意义的大事。

组织对我寄予厚望,将如此重要的任务交付于我,这份信任与支持令我深受感动。冼星海的英雄主义精神充盈着我的内心，使我的思想与情感经历了一次深刻的洗礼。

这种激动的心情久久难以平复，即便经过一夜的休息，第二天依旧无法静心投入其他工作。2月20日上午，我来到住处附近的甘竹山公园。这里宛如闹市中的一方净土，让人回归自然。甘竹山不算高大，从山脚到山顶修有三圈环形路。因体力有限，我无法走遍整座山，但唯有置身这片苍翠的山林，才能让胸中因冼星海激发的英雄豪情渐渐平息。我缓步上行，终于抵达观光亭。极目远眺，山下楼房林立、工厂遍布，这番景象，让我真切感受到了生活的沸腾与火热。

冼星海在战火纷飞年代以音乐为武器投身斗争，其精神激励着后人。此刻，我甚至萌生了创作冼星海传记的冲动，想用冼星海母亲与妻子的女性视角展现他的人生，想必会与其他传记作品有所不同。"写出独特性"是我坚守的艺术理念，我愿为此倾注毕生心力。

我马上填表交了会费，成了黄埔作协会员。我可算找到组织了，在广州也有"同志"了！

我头一回听说这运河，以前只知道京杭大运河和灵渠。他希望我多了解了解，能为这运河写本书，晚上就把资料发给了我。

老先生这么郑重，令我很感动，这信任太难得了，像是前世带来的缘分。

王国省是河北邯郸的，我是辽宁沈阳的，庄主席是江西上饶的，三个外来人郑重其事地探讨广州地方文化保护，我觉得又好笑又有意义，这就是广州的魅力所在！

拜码头・投名状

一　初识黄埔作协

初到广州，心里牵挂旧友，也盼着结识新朋。

沈阳一位老师在微信朋友圈提及，有人一次性出版了20本书。这得多厉害啊？我赶紧到网上搜，没找到相关消息，却意外刷到一篇文章，讲一个少女喜欢写作，拜师学习，后来考上大学，母女俩特意登门感谢老师。这正是那位老师写的文章，本是无意间看到，但后来我觉得这就是命运的安排。文章结尾有作者简介，我一看，是广州市黄埔区作家协会主席——巧的是，我就住在黄埔区！刚到这儿人生地不熟，正想找组织，在同行中寻求归属感。作者叫王国省，我一搜这个名字，网上连电话都有，原来他还开了公司，是个企业家。再一试，发现用这个号码搜索，就能找到他的微信。阿丽积极建议我加他微信，我当时还有点不好意思，觉得太唐突了。过了两天，阿丽催了我好几回，我才在微信上发了好友申请，可等了一个多小时也没回复。申请都发了，我这人又比较执着，就给他发了条短信，简单介绍了自己的情况。没过多久，短信和微信提示音一块儿响了。

就这样，我到广州后结识了第一个新朋友，也是最重要的一位——志同道合的好兄弟王国省。后来我能慢慢融入黄埔区的文化圈子，全赖他的引领。

王国省问我住哪儿，来广州多久了，我也问他在哪儿办公，他说在地铁香雪站附近，我知道那个地方，离我的住处并不远，不过彼时还没去过。我们约好找时间见一面。

那天是12月12日，"双十二"，也是西安事变纪念日（1936年）。对我来说，这一天意义非凡：王国省介绍我加了黄埔作协秘书长陈春姣的微信，我马上填表交了会费，正式成为黄埔作协会员。我可算找到组织了，在广州也有"同志"了！

陈秘书长看了我的简历，问："赵老师，您是中国作协会员？"我说是。她笑着说："您这是来指导我们黄埔作协的吧？"我赶紧苦笑说不敢当，大家一起努力。陈秘书长把我拉进黄埔作协微信群，立刻有好多人加我微信，我心里暖乎乎的。群里可真是人才济济，有鲁迅文学奖得主魏微，还有青年才俊王威廉。

我挺高兴的，来广州一个半月，就和本地作协搭上了线，以后办事就方便了，慢慢也能打开局面，后来确实是这样。

我在网上搜索王国省的文章，想多了解了解他，知道他来广州打拼20多年了，从一无所有到站稳脚跟，堪称珠三角成就平民奋斗者的典型范例。网上还有他的照片，看着挺精神、挺正派的。他还创办了广州市黄埔教育基金会，做了不少慈善。

我那时候还不太适应新环境，特别想和王国省见见面、聊聊天，我觉得我们肯定能成为好朋友。

二 从《幸福公寓》到扶胥港

广州生活中一件大事来了。

黄埔作协微信群每天热闹非凡，各种消息对我来说都新鲜得很，充满了广州味。2月20日左右，群里发了黄埔区首部原创话剧《幸福公寓》的演出消息。我对"首部"这词特敏感，又喜欢观剧——在沈阳时，盛京大剧院和辽宁大剧院紧邻地铁口，我常去，还曾请岳父岳母看过海南省歌舞团的舞剧《黄道婆》。现代剧场的舞台美得让人挪不开眼，二老那次观剧，或许是他们唯一一次走进省级大剧院。

　　《幸福公寓》从24日到25日连演三场，演出地点在黄埔老城区文冲的夏港文化中心，离我挺远。24日晚场我没去，群里有人说后面越演越精彩，可惜现场观众不多。这也正常，现在肯进剧场看话剧的人本就不多，除非是名著改编之作。曾有一部根据苏联小说《静静的顿河》改编的八小时长剧，在哈尔滨仅演一场，沈阳的师友甚至驱车前往；陕西人艺的《白鹿原》到沈阳也只演一场，我花高价买票看的，不看对不起这部对我影响深远的著作——那场演出座无虚席，观众都是慕原著之名而来。原创话剧要想吸引观众，需大力宣传，哪是光靠编导和表演就行的，功夫全在戏外呢。

　　说回这"黄埔区首部原创话剧"——广州虽是大都市，但黄埔作为区级行政单位，以前压根没出过原创话剧，现在黄埔区文联的文化建设竟比沈阳的区级文联更为活跃。去还是不去？我一直在犹豫。

　　原本我就很喜欢文学艺术，过去在北京的鲁迅文学院学习时，我还专门去了国家大剧院看历史话剧《商鞅》。25日午饭后，我终于下定决心，在阿丽和孩子小伟的陪伴下，倒了公交又走了好长一段弯弯曲曲的路，才找到夏港文化中心。结果去早了，我们在外面等候多时——说实话，我去看剧也带了点私心，想着能写点剧评，最好是带有批评视角，后来我还自嘲动机不纯呢。

浏览微信链接和现场海报，剧情简介首句是："年轻的工学博士陈远帆违背父亲意愿，选择在黄埔区创业。"我就想当然地以为他是第一主角。大幕拉开，先上场的却是人才引进办公室的李健康科长和女主演"飞飞"的母亲赵丽娜。到了下半场确实精彩，三对恋人终成眷属，我被感动得眼眶发热。

走出剧场，我仍沉浸在剧情里，可惜没挑到毛病，剧评咋写？傍晚累得想打车，又怕打不到，只好往公交站走，转过路口看见一家潮汕饭店，心疼阿丽回家还要做饭，便提议吃完再回去。

点了四道菜，没想到南方菜这么咸，道道齁人，而且上菜间隔特别长，吃完一道苦等下一道，等得人着急，一连喝了三壶茶水。我点了一份饼，端上来的却是蚝仔煎蛋，还是咸涩。这顿饭竟吃了两个多小时，体验极差，好在结完账立马打到了车，还赶上了优惠时段。用餐及归家途中，我都在琢磨那部剧，绞尽脑汁想挑刺儿，就是挑不着。

到家洗漱完快半夜12点了，临睡前，灵光一现：《幸福公寓》上半场以李健康科长为轴心，其余五个角色绕其铺陈；下半场三对情侣自成线索，李科长反倒成了边缘角色——这不是把主人公写丢了吗？就像古龙小说常因主角更迭导致叙事离散，又如《百年孤独》中布恩迪亚上校去世后，故事顿失核心焦点；《三国演义》诸葛亮一死，后续情节如同史料堆砌，文学性大为减弱。

找到破绽后，剧评怎么写、标题怎么起、剧情怎么修缮，心里全有谱了。第二天一早开始动笔，本想写1500字，结果写到中午12点，洋洋洒洒3800字才把想法表达完。标题借用了我早年写的一句歌词：《爱情来了，要扛住》。

把剧评发给王国省，他建议投给《湾区时报》，说群里有位张英编辑。我把稿子发过去，她要求删减至1000字。我改了三次都不合适，才明白报纸用稿和文艺评论风格迥异，干脆放弃了。

第二天晚上，辽宁省文化艺术研究院的刘恩波老师联系我，说起这事，他让我把稿子发给他，他转给《新世纪剧坛》编辑看看。第三天上午，王国省告诉我，黄埔区文化馆副馆长、《幸福公寓》导演之一王丹和编剧兼主演符兴忠想加我微信——王丹毕业于沈阳音乐学院，和我是辽宁老乡，符兴忠则毕业于解放军艺术学院，也是科班出身。微信里聊得挺好，他们认可我的意见，正好他们在忙南海神庙波罗诞活动，说忙完后面谈。

28日我还做了件小事。黄埔区文联征集二十四节气诗歌，我不擅长写诗，但仍勉力创作了一首《万物生》(题咏惊蛰)："一滴雨水／打立春启程。"起句把前两个节气都带进去了。"在惊雷的叫好声中／把大地的梦轻轻吻醒／天作地合，孕育／万物，以春风为红媒／男耕女织／若问这雨滴的家乡／银河下凡／灌溉人世间。"诗作很稚嫩，但作为黄埔作协新会员，我没当旁观者。

3月1日上午，王国省说区文联老主席想见我，我们约在2日晚上聚。那晚在黄埔区图书馆西侧的婺乡源菜馆，先见到陈春姣秘书长，接着两位男士来了——我和王国省互见过照片，一眼即认出。他是河北邯郸人，特别面善。他介绍身边的高个子长者：庄汉山——原黄埔区文联主席。

庄主席没一点官气，满是学者派头，后来知道他确实在大学当过多年教授。他先表扬我剧评写得好，说塑造好李健康就是在宣传黄埔，我谢过他的认可。他称"人才难得"，定当引荐——这是我初到广州所蒙受的最重要的知遇之恩！

庄主席看着也就50岁，精气神特别足，聊着聊着跟我说起了扶胥古运河——我头一回听说这运河，以前只知道京杭大运河和灵渠。他希望我多了解了解，能为这运河写本书，晚上就把资料发给了我。老先生这么郑重，令我很感动，这信任太难得了，像是前世带来的缘分。

接下来几天，庄主席把收藏的扶胥古运河书刊资料全拍照发给我，我也上网查证。他期待我写一部长篇散文或运河传记，我把旧作《大辽河中》发给他，以证笔力。一周后，我们三人在王国省办公室再聚——王国省来自河北邯郸，我来自辽宁沈阳，庄主席来自江西上饶，三个外来人郑重探讨广州地方文化保护，我觉得又好笑又有意义，这就是广州的魅力所在！

庄主席把扶胥古运河的知识尽数道来：隋朝时期，古人在"扶胥之口，黄木之湾"兴建南海神庙，这里逐渐成为重要的海上交通枢纽；到了宋代，扶胥古运河正式开凿，凭借优越的地理位置，发展为海上丝绸之路的重要发祥地，及广州古代海外贸易枢纽，商船由此远航至中亚、东非；中国"海事"一词的起源也与此地紧密相关；宋代广州佥判邵大昕因开凿运河功绩卓著，被后世尊为"河神";苏东坡曾登临浴日亭赋诗,留下千古名篇;明代起,部分河段逐渐淤塞,古港功能渐弱;1984年,广州经济技术开发区在运河边奠基。

扶胥古运河与扶胥古港曾"夷舶往来,百货丰盛",连通"西南诸蕃三十余国"。我敬佩庄主席堪称扶胥文化专家,他却说退休后另有创作计划,仿若金庸小说里高手把毕生绝学授予后辈,他将心中的扶胥古运河烙印在我的心间。

"扶胥"在古籍里也作"扶苏""扶疏",秦始皇长子名扶苏,《诗经》有"山有扶苏"之句。这词让我想起"扶桑",《梁书·诸夷传·扶桑国》记载:"地在中国之东,其土多扶桑木,故以为名。""扶胥"也指"小木"。有天傍晚,我路过南海神庙公交站,看见霓虹灯大字"扶胥之口,黄木之湾"——推想韩愈所言"扶胥之口",即指扶胥镇港口;"黄木之湾"应指黄埔港所在水域黄木湾;"黄埔"之"黄",或源于这"黄木"之名。

三 剧评的回响

4月27日,我收到了《新世纪剧坛》2023年第2期,我的文章《一定要以主人公为主——话剧〈幸福公寓〉观感》占了5页篇幅。

该刊微信公众号推介当期内容时,选取了我文章的结尾段落:

> 观看话剧《幸福公寓》是一场很好的艺术享受。该剧基础扎实,但若想成为精品力作,尚需在艺术上再加

把劲儿。说得更简洁一些，在《幸福公寓》里应该把李健康科长打造成"公务员红娘"的形象，他是引进人才的"红娘"，也是促成人才婚恋的"红娘"，更是经营好自身家庭的"红娘"。"公务员"体现其身份与担当，"红娘"则传递百姓的心声。将二者结合起来的角色，有可能成为舞台上的经典形象。

我把文章拍照发给庄主席、王国省、王丹副馆长和符兴忠——这是我为黄埔文化宣传尽的一份绵薄之力，也是该剧收获的首篇专业评论，更标志着我正式参与到广州的文化建设之中。

同是底层打工人，我不想为难司机，但内急实在煎熬。车上其他人未必没需求，只是大多不愿开口。

回来后我一直想，该向国家旅游部门建议：旅游大巴长途行车每2小时左右遇到服务区必须停靠休息。

就要去看望恩师儿时的老家了，我心里满是兴奋。恩师曾去过我的家乡，如今我再去他的家乡，这份师生情缘才算更圆满。

阿丽让我给何氏先祖敬香。我不懂南方规矩，怕外姓人不合适，问了曾老师和建平，他们都说可以。

于是我作为学生，替何启治老师向何氏先祖敬了五柱香，默念着自己为何会来到这里，心里满是激动与感恩。

向远方

一　我想骑马上雪山

"又是一年三月三，风筝飞满天"，如今我竟飞到了彩云之南。

烟花三月上高原，辽宁作家开启云南采风之旅。诗里歌里的三月，大抵指农历，今年恰逢闰二月。我们在公历3月15日出发，辽沈师友从东北起飞，我则从广州向西抄近路会合。

凌晨天未亮，我和阿丽乘网约车赶往广州南站。8个多小时的动车行程让人烦躁焦虑。途经广西云南交界时，车窗外忽然出现一座座独立小山丘——它们像从泥土里钻出的春笋，又似大地孕育的巨型绿色雕塑。凝视着葱郁的山体，仿佛剥开那层绿意，内里便是菠萝般的甜美果肉。这些山丘在泥土深处或许本为一体，是岁月用尘埃与泥浆填平了山谷，才造就这间隔有致、生灵栖息的土地。红色泥土与绿叶滋养出生机，鸟儿振翅时，恰似土地与江河在飞腾。

抵达昆明南站，出站口遇见两个"小大人"：一男一女，虽呈中年面貌，身形却矮小如学龄儿童。他们手拉手轻盈进站，步履弹跳，敞怀的夹克衣襟飘飘似翅，满脸快乐。我不由得转身凝望他们的背影，心中满是羡慕——不知是夫妻还是兄妹？真希望他们是伴侣，愿世人皆得美满爱情。

这场景让我想起沈阳故宫中街的往事：阿丽和孩子初到沈阳

时，冰天雪地的步行街上曾掠过两位拄拐的风衣女子，一位米白、一位天蓝。与我不同，她们各缺一条腿，却身姿流畅，以拐杖为支点，脚尖点地滑行，步履之快，远超常人想象，恍若武侠小说中身负绝技的残障高手。她们如彩色浪花般在街角消逝，十年来我常猜想：她们是残疾人艺术团演员，还是把日子过成艺术的生活家？

一落地昆明，我就感受到这种"残缺中的力量"，后来才发现，这竟是旅程的奇妙兆示。

与范彧、韩弘、周霞等人会合时，他们已等候多时。傣族竹筒饭令人难忘：新鲜绿竹煮熟后青黄斑驳，剥开可见长如香肠的米饭，竹内膜如糯米纸般紧贴饭身，不粘手且浸透竹香。20年前在电视上见过的美食，终于得以品尝。

因当晚要做征文辅导网课，我提前离席回酒店。玩乐之余，工作不能耽搁。

我们住在滇池旁，却阴差阳错没见着滇池——最早知道滇池是1980年代初看了《滇池》杂志。或许是天意让我下次再来。

* * *

云南之旅由旅行社安排，半天看景，半天购物，大部分时间都在赶路。

首站石林，最早的印象来自香烟盒。

石林真美！惯称"人间仙境"，像神仙搭设的舞台。它赐我灵感，写下小品文《石林的时间》："被美丽的照片诱惑已久，向往和思念很长，来到你面前的路却很短，振翅一飞就到了……"

石峰如榕树盘根错节，根脉相连，一片石林就是一座森林。

站在桥上看水中倒影，石林与云朵相依，宛如阿诗玛与阿黑哥。长虹似的桥梁如骏马之背，耳畔仿佛响起悠扬的歌声："马铃儿响来哟玉鸟儿唱，我陪阿诗玛回家乡。"石林巍峨相连，曲径通幽如传说，又像一排排刺向天空的宝剑长矛——谁来执此兵器？每位游客心中自会浮现一位英雄。穿石洞、探石缝，竟觉身体轻盈，仿佛光阴曾化作水流淌过石林迷宫，无数秘密藏在角落等待解锁。

换角度视之，山峰似巨大龙龟。当沧海桑田，石林在此等待你我亿万年，连疾风也沉淀为时光。

石林有阿诗玛的传说，导游是一位中年"阿诗玛"，有人笑言何不换"阿黑哥"。电影《阿诗玛》中女主最终化为石像，传说哪怕凄美也动人心魄，正如石林的坚硬之美震撼心魂。

跟旅行团看风景，导游是风景里的重要角色。

云南这一趟，有三位随团导游。第一站导游小马，是个总挂着微笑的小伙子，热心完成导游任务，总乐着帮游客忙。

小马讲解了不少地方人文知识，看得出颇有积累。到了购物环节，他也没有强行推销，主要是动之以情地希望大家支持云南经济——其实我们来旅游就是一种支持。一路上小马总爱说笑，后来他自己卖一些土特产，大家也都乐意捧场。

云南旅游也有让人不太舒适的地方：在特定的购物场所，有时会以"官方""公正"的名义，半强制性地引导游客购买昂贵的纪念品。我和阿丽买了银杯、请了貔貅、称了藏红花，消费金额不多不少，就图双方过得去，毕竟导游总说他们的收入和游客购物挂钩，恳请大家多支持。

第二位导游是个藏族小伙子，看着态度有些冷漠，说话却挺有意思，其实外冷内热。大家骑马时，他让我在房间休息，说一会儿要下雨。

第三位导游自称是给导游做培训的老师，因为云南旅游旺季需求爆棚，他就临时兼任了导游。这人说话颇有派头，说他是"赫赫有名"的翡翠鉴定专家，卖翡翠的商家见了都点头哈腰喊老师。最后他还说："等半个月后我去北京考个'副高职称'，通过了就是正儿八经的鉴定专家。"我们都笑他露馅了——车上不少人在各自领域都是高级职称呢。

第二天早晨打招呼，这位"大导"回应得不太热情，也不知心里有啥事儿。

每个岗位上的人都是独立的个体，互相理解最重要。像小马这样的导游，就让人觉得舒服又亲近。再说说景区导游：石林的"阿诗玛"个子不高但脚步飞快，游客追得累；到了大理，五朵金花的故乡，导游"金花"年轻漂亮，温柔矜持不爱笑，但讲解认真，步速适中，游客都跟得上。

* * *

苍山伴洱海，古大理国，"风花雪月"——下关风，上关花，苍山雪，洱海月。

站在洱海边，却觉得它虽名为"海"，实为高原湖泊，没我想象中壮阔。这里是《五朵金花》的家乡，我向往已久，最想看的还是金花与阿鹏哥的身影——再美的风景，有了人，才灵动鲜活。船行洱海上，水清澈见底，望下去仿佛能涤荡心灵，一身疲惫烦恼都被洗去。这便是洱海的妙处：撩一撩水花，心情也跟着轻盈绽放。

洱海边有片花海。高原上的花儿植株不高，多是贴地生长的小花，这片花海更像个苗圃。倒是树上的花一株株、一簇簇，引得人一路追着花走。花的云南，花的天地，满眼是花的绚烂，满心是花的愉悦。

风倒是领略了——太阳一落山，冷风就像奔泻般从山上倾泻而下，猝不及防冻得人直打哆嗦，大伙儿急忙奔上大巴、躲进宾馆。

云南此行的食宿必须点赞。都说出门旅游是花钱买累，这话不假，可累中也想省钱，还想玩好、吃好、住好。

住的酒店都很好：精致、舒适、干净，服务周到得让人宾至如归。早餐由酒店安排，星级酒店的早餐品质和口味都很地道。第一顿午餐在石林景区，更是让人惊喜——够档次，有各种云南风味，荤素搭配，大家赞不绝口。云南旅游在饮食上算是做得到位，够"勾人回头"。不过高原上煮土豆芯总是偏硬——毕竟高原气压低，水的沸点不足100度，这也是没办法的事。

起初以为这是作家团的特殊待遇，毕竟第一顿午饭时饭堂里只有我们一个团。后来才发现，所有旅游团都是这标准，作家们并未受特殊对待。最难忘的是有次午餐，用雪花银盆盛着热气腾腾的白米饭，真香。

洱海在大理，玉龙雪山在丽江。大理古城是国家级历史文化名城，古典又经典。到丽江时已是夜晚，只能看古城夜景。灯火辉煌，除了灯光几乎看不清其他，这璀璨美是现代光影的装点，真正的丽江古城隐没在炫目的灯光之后，不免有点遗憾。

当晚的惊喜是大型歌舞《丽水金沙》，美轮美奂。很多景区都有类似演出，但《丽水金沙》绝对值得一看。来丽江未必专为看它，但来了没看，就会感到遗憾。我们入场稍迟，正赶上最华美的序章——将少数民族的生活、耕种、婚恋，都升华为动人的舞蹈艺术。

第二天，透过花枝眺望远方，玉龙雪山山头白雪皑皑，山间云雾缭绕。天朗气清之下，玉龙雪山美得雄奇壮观。我虽是北方人，见惯冰雪，却仍觉得它像顶天立地的英雄，忍不住行注目礼，心里充满由衷的热爱。

我想骑马上雪山。

可在玉龙雪山脚下，我的后脑勺神经末梢突然传来剧痛——这是风湿病的发作症状，难道在这儿，它还与高原反应叠加了？疼得没心思看景，我劝阿丽跟着游人走，她想陪我，我却不耐烦地让她自己去玩，因为这地方今生可能只来一次。我回到大巴车上，把后脑勺使劲压在椅背边缘，试图像针灸般缓解疼痛。

* * *

旅游大巴是游客流动的家，车内有音视频监控，理应让游客放心。但司机为了赶路，常不愿进服务区。有次行程长达4小时，一次服务区都没停，游客苦不堪言。对我而言，情况更为特殊：早年做过膀胱结石手术，长途行车中长时间无法如厕，膀胱负担过重，存在极大健康风险。

我提前跟司机说过遇到服务区请停，可云南山路漫长，好不容易看见一个服务区，大巴却疾驰而过。司机想赶路收工，导游在睡觉，我喊醒他，这位"大导游"只冷冷回应道："你可以投诉他。"

同是底层打工人，我不想为难司机，但内急实在煎熬。车上其他人未必没需求，只是大多不愿开口。

回来后我一直想，该向国家旅游部门建议：旅游大巴长途行车每 2 小时左右，遇到服务区必须停靠休息。写到这儿又想起这事，我虽然不常旅行，但为了其他游客，还是打开文旅部官网，提交了留言。

有些事政府若不作明文规定，下边就不按规范来。或许有人觉得我多事，其实这些建议并不全为我自己——曾经沈阳地铁因个别人士在无障碍卫生间内吸烟，管理方竟一度将卫生间上锁甚至改为库房。我作为市残联通讯社特约编辑，花了五天申诉沟通，才使其恢复开放使用。

我在广州文研院建议杂志扶持黄埔作协会员，也非出于私心——我的创作领域和《小艺术家》杂志关联不大。所以我说参与地方文化建设，绝非空话。就像这次在文旅部留言用广州地址，若建议被采纳，就是来自广州的合理化建议。若以后游客的如厕需求能得到更妥善保障，这不正是大家共同推动社会进步的缩影吗？

二　恩师故乡龙川行

车行于昆明高速，远处山岗的观音塑像映在朝霞里，仿佛散发着金光。

阿丽说，就在这时，我的铜制观音吊坠"走了"。

早晨穿衬衫时，我还特意戴上它。这些年戴护身符成了习惯，哪天出门忘戴，就像没穿盔甲似的不踏实。

大约在 2000 年，表姐带孩子来串门，从孩子胸前解下这枚护身符送我。都说"男戴观音女戴佛"，观音在众神佛里最亲民。这枚护身符比指甲盖大不了多少，椭圆形铜牌顶端有圆孔拴红绳，周边有类似硬币的齿状边缘，浮雕的观音立像衣袂飘飘，托着净瓶，背面刻着莲花，正面从上到下是"观世音菩萨"五个字，精致得让我想起《核舟记》。时间久了会生铜绿，得用纸巾擦擦。

20多年换了几回红绳，每次都拴得极牢，生怕松了。

可它就这么毫无征兆地"走了"。我说"丢了"，阿丽说"走了"，笑言是见了大菩萨像，小菩萨归队了吧。

从酒店去机场，我离开昆明，它却留在了高原。戴了这么多年，它早浸润了我肌肤的气息，像有了灵性上的关联。起初我真像丢了魂，惊诧、后悔、惋惜——宁可丢钱，也不愿丢它。

阿丽劝我："走就走了，这么多年，也该换新的了。"

后来我反倒释然了，甚至觉得解脱，从此不用总惦记"戴了没"。想起一件事：我父亲临终前瘫痪在炕，总说看见屋里有人，他到处指，我母亲拿笤帚扫，父亲就说"鬼"躲到那边了，那"鬼"仿佛在和母亲捉迷藏。我解开上衣两颗扣子，露出颈上的观音像，父亲马上说："走了，走了。"

信则有，不信则无。我心存敬畏，也过俗世日子。

放下，自在。近半年来，我已经不在意护身符了，此刻写到这里，才又想起。

* * *

来趟云南不容易，旅行团解散后本想和另外两位作家去西双版纳，范彧有朋友在那儿，还说要请我们吃"孔雀宴"。可这时接到曾锦初老师的信息，说他提前从深圳回龙川了，让我20多号过去。我便放弃了西双版纳之行——在我心里，去恩师家乡拜访，远比看风景重要。

向远方

年初，何启治老师突然发来几张老房子照片——是龙川县文化工作者下乡时，拍下的他的祖居。

我立刻想到：我在广州，离龙川不远，该替老师回乡看看。老师很认可，马上联系了他的老朋友曾锦初先生。曾老师是龙川人，如今80岁了，现居深圳，退休后仍发挥余热，一直为家乡的文化工作操劳，帮忙编纂地方志，是当地资深的文化学者。

加了曾老师的微信后，他发给我许多龙川文化资料，包括何启治老师的父亲何德辉先贤与大哥何启光先生的信。何德辉先贤曾是龙川县广东老隆师范学校校长，何启光先生则曾任广东人民出版社高级编审。

就要去看望恩师儿时的老家了，我心里满是兴奋。恩师曾去过我的家乡，如今我再去他的家乡，这份师生情缘才更显圆满。

* * *

出深圳机场打车到深圳北站时，我本以为赶不上最快的那趟高铁，就买了下一趟。没想到进站后发现最快的那趟还没检票，我立刻在手机上改签，和阿丽刚走到检票口，广播就通知开始检票。看着闸机前的人流，我心里直感慨：真是沾了恩师的福气，一切顺利。

车窗外的岭南景色似曾相识，以前从广州去梅州就走过这条路。但这次是去恩师的家乡，目的不同，心中涌动着别样的情感，丝毫没觉得辛劳。

打车进龙川县城——这是古代中原入岭南的重要通道，南越古邑之一。我忽然想起：何启治老师把《白鹿原》推向文坛巅峰后，年届87岁还出版了《不朽的丰碑〈白鹿原〉》，成了《白鹿原》的权威解读者——某种程度上，就像《红楼梦》有脂砚斋评点，未来《白鹿原》研究若成体系，何老师堪称最重要的诠释者。

穿过龙川街巷的烟火气，到了曾锦初老师指定的供销社酒家旅店。下午4点多，曾老师还在外面忙，却早已安排好房间，我和阿丽先休息。他很快赶回来见面，看他矫健的模样，行动像60多岁的人——果然文化能滋养身心，精神永葆活力。

三人围坐喝茶，聊起各自与何启治老师的渊源。得知我擅长讲座，曾老师立刻联系河源市图书馆馆长推荐，还帮着互加了微信——真是位热心肠的好前辈！

第二天一早，曾老师带我们去吃早点。不多时又来了一位老师，模样文雅精致，透着岭南人的灵秀——他就是杨作炬先生。这回全靠他带路，因为曾老师也没去过何老师的祖居所在地。

出龙川城往东南，虽走山路，柏油路却很好走。想当年何启治老师儿时上学走的路，必定难行得多。路过一个地方叫"牛屎坳"，大家笑说这地名质朴，接着经过梅城村、通衢镇，就到了锦归村。

恰逢村里赶集，主街道两边商摊林立。在人流中慢慢前行到村委会，一位女同志上车带路，拐了几个弯，终于见到何启治老师的旧居——低矮的房屋，斑驳的院墙，岁月的痕迹下，依稀可见当年大宅的格局。

院门已经开了，开门的是何启治老师的堂侄建平夫妇。

何启治老师的父亲何德辉那一辈有个堂兄弟叫云香，云香有个儿子叫美才。何启治老师或许不认识美才——两人差了十几岁，何启治老师离开老家去广州上学时，美才才刚出生。美才长大正值20世纪六七十年代，因家庭成分不好，难以成家，就去了相邻的五华县做上门女婿。

20世纪80年代改革开放后，美才带着妻儿回锦归村认祖归宗。他儿子何建平很有出息，四十来岁，夫妻俩曾经营养猪场，规模达万头，猪舍就在家宅旁的玳瑁山下。如今建平事业有成，把养猪业务重心放在五华县，雇人打理，自己兼顾两地。这次听说我们来，他们特意从五华赶回来，早早打开祠堂门等着——这份对家族根源的重视真让人感动。他们虽此前没听过何启治老师这位"大人物"，却也感到荣耀。在乡村，家族事务往往由有能力、有担当的成员主持，掌管何氏祠堂钥匙的建平夫妻，便是这样的主事人。

何启治老师的旧居坐落在山坳间的平地上，四周山峦环绕，形成一片安稳的谷地。门前田地里，筷子高的水稻长得正好。旧居左右都是新房。建平介绍说，这片地曾是何氏家族的产业，土改时被分配给了别人，改革开放后，家族集资赎回一部分作为本祥公一脉的祖产，这房子就是2000年赎回的，门内墙上嵌着字牌，记着集资明细：何启治老师出了2000元，他大哥何启光先生出了5000元。

阿丽让我给何氏先祖敬香。我不懂南方规矩，怕外姓人不合适，问了曾老师和建平，他们都说可以。于是我作为学生，替何启治老师向何氏先祖敬了五柱香，默念着自己为何会来到这里，心里满是激动与感恩。

从村干部到家族亲人，再到地方文化界，大家都特别敬重何启治老师。杨作炬先生说虽没见过何老师，却一直想进京拜见；建平作为祠堂管理人，虽对文化兴趣不大，但家族文化基因却在延续——他大女儿今年初中毕业，从小就喜欢写写画画，作文还获过奖。建平说暑假想带孩子去北京拜见家族老前辈，让孩子感受先辈为社会做的贡献，鼓励孩子追求文化。后来他们真的去了北京，看到何启治老师、师母和建平一家的合影，我感到十分温馨。

我们来到建平家，还见到了与何启治老师同龄的堂兄弟启珍老先生。曾老师笑说"同年不同命"——何启治老师身材高大，启珍老先生却身形瘦小。他们小时候一起在老隆小学住宿，那时何启治老师的父亲何德辉担任校长，启珍的父亲做财务，他们堂兄弟四人（还有启新和启源）一同上学。

启珍老先生是新中国成立前后的老高中生，还懂英语，可惜生在农村没有发展空间。又来了位启水先生，比何启治老师小12岁，正好隔一轮属相。启水先生笑说启珍老哥胆子小，没走出家乡，就在当地砖窑厂做财务。以启珍老先生的文化底子，当年要是离开村子，到哪儿都能闯出名堂——这就是命运！

看看何启治老师，考上武汉大学后毕业分配到北京，虽说特殊时期历经波折，可正因为吃了那些苦，改革开放后才创出文学辉煌。启珍老先生没离村，晚年就是个寻常的农村长者，谁还看得出他的文化底子？再比如我，当年要是没离开家乡，哪会有今天的活法？人啊，困守乡里难有出路，必须走出去才有奔头！

我特别想从启珍老先生那儿发掘点恩师小时候的故事——他们是一起长大的玩伴加同学，可这老人不善言辞，问啥都只是憨厚地笑，总之见了面就是高兴。后来作家罗元生兄问起行程，说了句精辟的话："见到就是文章。"这话深得我心——他写历史纪实，常做采访，这话确实在理。我见到了恩师的旧居、那片山峦稻田、潺潺溪流，还见到了跟恩师一块儿长大的人，可不就是

"见到就是文章"嘛。

建平夫妻特别希望何启治老师和师母方便时、身体允许的话能回老家看看。他们有三套房子紧挨着——先盖的、后来增盖的，去年又盖了新楼房，我说这都能做乡间民宿了。建平还想把何老师写的、编的书收集一些摆在空置的书房里，作为家庭精神传承的展示，激励后代。

* * *

车子开到景韩书院旧址，就在龙川县通衢镇中学内。校园里有座牌楼，匾额上还能依稀辨认出"景韩书院"四个大字，可惜书院其他建筑早已不存。为何叫"景韩"？旁边说明牌写着：为景仰唐宋八大家之一的韩愈。韩愈是后世学子的典范——他幼年丧父，随兄嫂生活，却刻苦求学，25岁便中进士；为人耿直，屡遭贬谪，晚年因谏迎佛骨触怒唐宪宗，被贬潮州。

韩愈的不幸却是岭南的幸事——这位虽遭贬谪却心系天下的大文豪，在珠江畔留下"扶胥之口，黄木之湾"的名句，涉及中国古代的海事观念；在龙川，更有景韩书院的遗存。龙川地处南岭分水岭，往西流的水汇入东江注入珠江口，往东流的水进梅江，最终汇成以韩愈姓氏命名的韩江。

左迁至蓝关示侄孙湘

唐·韩愈

一封朝奏九重天，夕贬潮州路八千。
欲为圣明除弊事，肯将衰朽惜残年！

景韩书院是何德辉先贤求学之地的旧址，如此看来，何启治老师的文化渊源，竟可遥接韩愈，可谓源远流长。

细想更是有缘：十年前我在《中国作家》发表长篇小说《马说》，书名正是化用韩愈名篇《马说》中"千里马常有，而伯乐不常有"之意。当年电话汇报时，何老师高兴得直喊："太好啦！"女诗人谢犁春曾告诉我，她帮初中女儿复习功课时，问《马说》作者是谁，女儿故意答"赵凯"，母女俩笑作一团。我在《芒种》发表过短篇小说《我变成了一匹马》，那么何启治老师何尝不是我文学道路上的伯乐。

车子又开到龙川县隆师中学（原广东老隆师范学校旧址）。当年何启治老师曾就读于师范附属小学。老隆师范与其附小比邻而居，穿过一道弯即可往来。

这趟恩师家乡之行，走进恩师儿时生活的地方，我的心中满是感慨与感恩。更让人触动的是，无论是否与何老师相熟，家乡人提起这位乡贤都满怀敬意。曾老师向河源市图书馆推荐我，说可以讲讲河源与《白鹿原》的渊源——毕竟是河源籍编辑推出了这部文学巨著。倘若以后恩师能亲自回乡讲述，定会更有意义。

此行还有个任务：替恩师查看龙川县图书馆的赠书情况。按何老师给的电话号码联系郑湘军馆长，对方回复称3000多册赠书暂存库房，待新馆落成开放时将设立专架集中展示，保证不会分散。

回头想想，若不是坚持学习，我既无法"站起来"，更不可能走近这些艺术家。

可想到身边不爱学习的一些孩子，又不免头疼：普通家庭的孩子，不学习哪有出路？

我不想单纯描述运河景观，还是想以爱情故事来切入，那样更有韵味。

运河边的男子扬帆闯海，心爱的姑娘留在家乡守望。漫长的思念里，或许藏着永诀的悲伤。

这座城市接纳了我这个外来者，《扶胥恋歌》的成功，更让我从心底觉得自己已是真正的广州人。

我多想唱

4月30日，黄埔区文联公众号"黄埔文艺"发布了"唱响扶胥千年古韵，续写海丝繁华乐章"主题歌曲创作征稿启事，号召词曲作者报名参加采风活动，集体赴南海神庙浴日亭、广州海事博物馆、扶胥古运河沿线考察采风，挖掘海上丝绸之路与岭南文化内涵，创作雅俗共赏的作品。

看到这个消息时，我眼前一亮——原来是为扶胥古运河征歌！但转念一想，这是音乐界的事，自己身处文学圈，便没有过多关注。毕竟广州音乐创作底蕴深厚，20世纪80年代更是流行歌曲的"大本营"，诞生了大量经典好歌。

5月8日下午，庄汉山主席发来微信："欢迎您报名参与歌词创作征稿，来参加本月中下旬的集体采风吧。"庄主席并不知道我曾写过两篇歌词，此前他带我了解过扶胥古运河的人文地理。

既然收到邀请，我欣然应允，随即报了名。可问题来了：怎样创作才能得到认可？我心里清楚，既不能写空洞的口号，又不能缺少积极立意，或许可以通过情感叙事切入，再升华到宏大主题——这才符合艺术创作的一般规律。

5月23日，采风活动正式开始。

走进海事博物馆，整座大楼呈帆船造型，远远望去，仿佛正乘风破浪，恰似广州这座城市的蓬勃气象。

唐代韩愈曾在《南海神庙碑》开篇写道："海于天地间为物最巨。"寥寥数字，气势非凡。文中首次将"海事"一词载入中国古代文献，这里不仅是中国海事的重要源头，更是海事博物馆立馆之基。

团队先在博物馆前合影。庄汉山主席说，这是他退休前最后一次带队采风。想到日后难再追随这位师长，合影时我特意站到他的身边。

博物馆内陈列着古船模型，船舱剖面清晰展示了货物堆放的模样。作为旱鸭子，生长在北方平原的我，对大海本就向往，对眼前这些海运物件更觉新奇。循环播放的《海上丝绸之路》纪录片里，商船穿梭、港口繁华，却也暗藏远洋凶险。我不禁琢磨：男人渡海闯海，女人在家乡守望，这份思念与牵挂，或许能写入歌词。

从博物馆出来，往西北走过风度街。站在石桥上，庄主席指着河水介绍："这就是扶胥古运河。"我这才意识到，来时路边那条绿水悠悠的河，原来是流到了此处——桥西便是庙头人工湖。过桥向西，清河大街满是烟火气，街边店铺的宣传画，都是广州本地书画家的作品。

海事博物馆里有金牌解说员为我们讲解。行至南海神庙东门，又有两位漂亮的讲解员在此迎候。

回想起 3 月 2 日南海神庙"波罗诞"，活动共三天，开幕式当天我怕人多，只敢在家看直播。最后一天是周末，人会更多，于是我和阿丽选了中间那天，约上李允平大姐同去，她还叫上了黄姐。进神庙时因我们的轮椅通道不同，于是商定到了里边再会合，结果里边人山人海，全程只能看别人后脑勺。等挤出来联系上平姐，才知道她们去了海事博物馆。

这次重游南海神庙，游人稀少，我终于看清了明代码头和清代码头——沧海桑田，如今这些古码头已深陷内陆，挖掘出的台阶栈道见证着岁月变迁。珠江水道也比往昔窄了许多。上次因体力不支绕开的小山，这次为了采风任务，咬牙攀登。山顶的浴日亭，正是苏东坡当年登临赋诗之处。

浴日亭

宋·苏轼

剑气峥嵘夜插天，瑞光明灭到黄湾。
坐看旸谷浮金晕，遥想钱塘涌雪山。
已觉苍凉苏病骨，更烦沆瀣洗衰颜。
忽惊鸟动行人起，飞上千峰紫翠间。

庄主席结合苏东坡被贬的心境与眼前景物，为大家剖析这首诗：即便病骨衰颜，仍向往超脱尘世、飘然傲立。这番解读精准深刻，引得在场艺术家连连赞许，讲解员也感到惊喜。他最后感慨："这首诗在苏东坡作品中不算出众，却是广州黄埔的瑰宝。"听罢，大家由衷鼓掌。登上百级台阶，领略古迹与诗文，我感到此行不虚。

"海不扬波"牌坊、"万里波澄"御碑，这两处镌刻大字深深触动了我——这是在海上讨生活的人们千百年来最朴素的愿望。

此情此景，令人想起苏联名著《金蔷薇》中，波罗的海岸边巨石上的铭文："纪念那些死在海上和将要死在海上的人们。"祈愿风平浪静，并不是惧怕出海；悼念遇难的逝者，并不会畏缩退避。明明知道大海上有诸多风险，他们依然敢于去闯、去抗争，高扬英雄主义的桅帆！

大家进庙堂参观时，我实在疲惫不堪。路边长椅虽被雨水浸湿、落满灰尘，用纸巾擦了几遍仍不干净，也只能勉强坐下。因身体强直，半躺下来刚好能仰望前方大树，繁茂枝叶间挂着一个个大果子，想起阿丽提过的菠萝蜜，便拍照发给她。

午后，我们戴着白色安全帽参观扶胥古运河"重生"工程。我在阳光下拍了张大头照发朋友圈，开玩笑配文"为了生活而打工"。没想到朋友们信以为真，纷纷询问是不是遇到了困难。以我的身体状况，哪个工地会要我呀？

沿着河堤，施工方介绍工程规划：目前是第一期工程，后续还有第二、第三期。有的河段淤塞严重，疏浚后必将重现生机。庄主席询问生态修复措施，还提到某些城市因采用混凝土河堤造成青蛙大面积死亡的问题。施工方回应：现在工程必须考虑生态，河道两侧会保留水草。

走到一棵大树下，同行的几位歌唱家在草地上放声高歌《我和我的祖国》《我爱你，中国》，专业的歌声悠扬高亢，令人陶醉。那一刻，我感激命运——熬过20多年病痛，竟能融入这样优秀的群体，过上热爱的艺术生活。

最让我震撼的，是亲眼见到"四水归一"的奇景：我们所在之处如同十字路口西北角，南湾涌、西滘涌、东滘涌、墩头涌在此交汇，其中西滘涌和墩头涌最终汇入珠江主河道。站在这片由沧海变桑田的土地上，恍惚间觉得自己像跃出浪花的小鱼，从此直立行走。我本就喜欢水，热爱河流，此刻更是心怀敬畏。

站在运河修复工地，我仿佛化身古代山水画家，神思随李白"一夜飞度镜湖月"的诗境飘向云端。"四水归一"就是扶胥古运河最独特的符号，若非亲睹此景，这次采风便失了大半意义。我暗自决定：以后写扶胥古运河，无论散文还是小说，都要让"四水"化作故事的舞台。

回去后，我没有急着动笔写歌词，只是在心里打腹稿。我不想单纯描述运河景观，还是想以爱情故事来切入，那样更有韵味。运河边的男子扬帆闯海，心爱的姑娘留在家乡守望。漫长的思念里，或许藏着永诀的悲伤。早年间，南方女子多会给情郎绣荷包，这物件既是定情信物，也是装钱的钱包。我想象着：荷包挂在情郎腰间，随着打拼渐渐丰盈，悄然化作远航的宝船；而姑娘最坚贞的爱意，莫过于剪下一缕青丝，让他贴身珍藏。于是，《运河恋歌》的第一句便自然流淌出来：

一缕青丝绣进香囊，陪伴阿哥飞渡重洋。

勇敢的情郎在远航中，同样会思念家乡的姑娘，于是有了下一句：

你的眼睛为我导航，大船驶入阿妹的梦乡。

开凿运河是以人力疏通水道，助商船通行。用什么工具来挖运河？我想既是用铁锹，更仿佛是用船桨。

> 船桨犁出一条河，碧波流到那星海上。
> 海不扬波福泽八方，穿越千年挥手相望。
> 前世别离在此地，今生牵手又在这里——

这既是诉说爱情的前世今生，也是追溯运河的历史渊源。

> 漫步河岸稻花香，渔火点燃甜蜜时光。
> 岁月悠悠扶胥港，海上丝路从此启航。
> 江河湖海四大洋，华夏文明达万疆。

这一段是吟唱古代中华民族的辉煌。

> 漫步河岸浪花香，渔火点燃甜蜜时光。
> 云山珠水黄埔港，海上丝路重新启航。
> 沿着祖先的梦想，搏风斗浪咱敢闯。

此处是歌颂当代广州人的进取精神。

> 河畔是我家，亲人在远航，相思漫长，潮落潮涨。
> 河畔是我家，亲人在远航，盼你归来，平安吉祥。
> 河畔是我家，笑迎天下客，欢聚一堂，幸福绵长。

这篇歌词凝聚着集体智慧：框架由我搭建，但不少字句是在大家的润色中定下来的。

6月16日，我在沈阳开放大学录制诗歌朗诵《龙是飞起来的河流》时，突然收到微信："赵老师您好！庄主席让我加您。我是莫斯科。他说您的词是群里最有水平的。我有录音棚，接商业制作，希望合作。"

庄主席在我拿出歌词前就如此信任，这让我格外感动。作曲家莫斯科我略有耳闻：采风那天他提前离场，大家笑说他名字特别，儿子叫"莫尔本"，跟澳大利亚城市名谐音。可惜当时他匆匆离开，我没看清他长什么样。

我把歌词草稿发给莫斯科，很快便收到回复："不错，一看就有谱曲的冲动。"他发来截图，圈出需要修改的地方——我只顾押韵，却没考虑作曲所需的声调（平声、上声、去声）。在他的指导下，我们反复打磨半个月，歌词才初步定稿。

投稿十多天后，评选结果公布：14首参赛作品中，《运河恋歌》（我作词、莫斯科作曲）位列第一！专家和领导们给出了修改意见，标题改为《扶胥恋歌》，原稿中"阿妹的眼睛为我导航，大船驶入她的梦乡"因第三人称视角需调整，我改为了"你的眼睛为我导航，大船驶入阿妹的梦乡"。原稿中还有"想你想的，初恋一样"这句，专家觉得没问题，有位领导却认为"俗气"。庄主席解释说："以前男人远航经年不归，'初恋一样'是表达深情。"为了尽快定稿，我改为了"相思漫长，潮落潮涨"。莫斯科称赞说改得好，可我心里却有些失落——有些歌曲往往靠一句"挠人心弦"的歌词得以传唱，比如"2002年的第一场雪，比以往来得更晚一些"，我原本盼着"想你想的，像初恋一样"能广泛成为人们生活中的玩笑，现在改成"潮落潮涨"，虽格调更庄重了，却少了几分直击人心的烟火气。

另外，原稿还有两句："江河湖海四大洋，搏击风浪咱敢闯。""古今商贸通四海，华夏美德达万疆。"经庄主席建议改为："江河湖海四大洋，华夏文明达万疆。""沿着祖先的梦想，搏风斗浪咱敢闯"——前者契合古代文明交融的主题，后者凸显当代人对商贸精神的传承。

在莫斯科、庄主席，还有苏虎、张岩等人的指导下，歌词终于定稿。区文联党组书记徐申泉安排进入编曲阶段。一首歌曲从创作到问世，需集结配器、演唱、录制、宣传等众多环节之力，而我能为广州文化尽一份力，首秀便获认可，心里非常高兴。这座城市接纳了我这个外来者，《扶胥恋歌》的成功，更让我从心底觉得自己已是真正的广州人。

因身体缘故，我是靠着大家的帮助才"重活了一回"，又怎能不心怀感激？这份感恩，首先要献给亲人。

那些帮助我的人，大多成了我的朋友乃至亲人。而我的感恩之心，如今延伸到了陌生人身上。

吕江特意赶来相聚，还带了这么多礼物。回想起来，我们不过因火车换铺相识，却成了一辈子的好兄弟。

去年春节，他给我寄来年货，我也寄去海城特产南果梨，请他尝鲜。

如今我"以笔为媒，逐梦黄埔"，我正一步步融入广州的文学土壤，渴望成为这片土地上真正的写作者。

兄弟姐妹

一　感恩陌生人

我们都喜欢旅游，徜徉山水之间。可走进景区时，若游人太多，拥挤嘈杂，风景被人潮淹没，难免心生厌烦。但若景区空无一人，越往里走越显荒僻，只有茂密的植物与奔跑的动物，脚下的大路渐成小径，直至消失在草丛中。哪怕大声喊叫也无人回应，只剩空旷与无边的寂静，你会作何感受？即便没有猛兽威胁，但蚊虫等小动物也可能危及你的生命，你怎能不心生恐惧？

人类社会从原始丛林进化而来，如今仍存在着"丛林法则"。我常说：那些被病痛囚禁的岁月，虽痛苦不堪，却让我避开了残酷的社会竞争。总有人说我懂得感恩——因身体缘故，我是靠着大家的帮助才"重活了一回"，又怎能不心怀感激？这份感恩，首先要献给亲人。

我9岁罹患顽疾，18岁瘫痪，吃喝拉撒全靠他人照料，才活到现在知天命之年。这么多年来是家庭的庇护、亲人的照顾，才让我得以生存。2010年，我因肾脏畸形加上严重的结石并发感染，高烧40多度，冷得三伏天要盖棉被，沈阳无法医治，医生建议转院北京。那时父母都已经过世，我作为没有收入的农村残疾人，是四哥四嫂拿出全部积蓄，派侄子护送我进京，才救回一命。

其次，我要感恩国家与社会。瘫痪18年后，文学界的恩师帮我申请大病救助，36岁时我接受人工双髋关节置换手术，重新站了起来。虽然走路蹒跚，但我终于能走出家门、离开村庄，到城市打拼，自食其力，回报社会。

不是某一个人在帮助我，而是无数爱心将我搀扶起来。即便独自走路，我也感觉有无数双隐形的手在托举，我的体内还流淌着陌生人捐献的血液。这份恩情，我无以为报，只能力所能及地帮助其他更需要的人，以滴水回报涌泉之恩。那些帮助我的人，大多成了我的朋友乃至亲人。而我的感恩之心，如今延伸到了陌生人身上。许多曾经陌生的人，因帮助我而变成了亲人。

2023年4月，我将见到浙江武义的吕江小兄弟。他来参加广交会，还专程提前来看我。我们的缘分始于十年前——在一列从济南开往沈阳的火车上，当时我只买到中铺票，可因身体不便，爬不上去。我在车厢看到下铺的小伙子（正是吕江）在放行李，便歉意地和他提出换铺，表示愿意补差价。他二话不说爬上中铺，还拒绝了我的钱。

第二天早晨在沈阳北站，我们暂时分别。我指着北站旁边的大楼告诉他，我在那里上班。他办完事后，下午来到我的办公室，又陪我回出租屋。晚饭时，他让我约上几位残疾朋友，执意要请客。夜里我送他去火车站，原本10点30分的火车晚点，要到凌晨2点30分才发车。他催我回去休息，但我坚持陪他等到检票。看着他过了检票口挥手告别，我才拄拐走了两站地回家。后来，我给他家孩子寄去东北松子，过年时他又寄来一大箱江南特产。

2020年寒假，我去上海讲课后转道广东，特意路过浙江金华武义，见到了吕江一家。我们初相识时，我是孤身一人，再见时我已组建家庭。他笑着说："哥，你有福啊。"如今，我热切期待着与这位好兄弟在广州相聚。

二　广交会——好兄弟

广交会名气太大了！虽生在北方，我也知道它是中国最大的贸易博览会，全称"中国进出口商品交易会"。我向来好奇心重，一直盼着能去现场看看，可始终没机会。

没想到，来广州后，广交会近在咫尺。

吕江小兄弟发来消息："哥，我要去参加广交会了。"太好了！离上次见面已有三年多，这次又能再相见。我一提想去广交会看看，他立刻发来企业信息和相关证件编号，让我以他们公司员工的身份申请注册，只需缴纳入场费即可。谁知那晚刷脸验证始终未通过，折腾到半夜也没弄成。

吕江提前两天来布置展位。他从浙江武义开车到广州，还让我发定位，说他媳妇准备了好多礼物要给我。他让我先订好餐厅，并一再强调由他来结账。他经营企业，经济条件比我宽裕，但想到上次去他家做客时，他们一家热情招待，我一直记在心里。如今我也算半个广州人，也该尽一回地主之谊。

来广州后，我们住着二姐家的房子，一直没安排答谢。吕江和我亲如兄弟，不如趁这次聚会，把二姐和二姐夫也请来。为了大家都方便，聚会地点选在了二姐单位附近的富林苑酒家。

我和阿丽提早半小时就到了，便开始点菜，专挑中档又体面的菜品。广州菜单上的"例"让我犯迷糊，不确定是单人分量还是适合多人分享的分量,只好小心翼翼问:"六个人,这些够吗?"服务员说:"够了!虽然是例牌(小份),但您点的菜不少。"我这才放心,点了玻璃乳鸽、果木脆皮烧鹅、黑松露红烧肉……一个个菜名都新颖别致,还点了顺德炸牛奶,端上来才发现像甜点蛋卷。

菜还没上,我就急着买单。服务员说不急,我怕吕江抢着结账,和服务员说好:"千万别收别人的钱!"过了一会儿还是不放心,我跑去结账吧台,结完账才安心。回到包房刚过11点,阿丽出去看花,我正刷手机问吕江到哪了,门口突然探进一张笑脸:"哥!"

"好兄弟,快进来!"我们紧紧握手、拥抱,那份亲切感是发自内心的。

他笑问:"就你一个人?""你嫂子出去了。"我赶紧给阿丽发语音:"快回来,小兄弟到了!"

这时二姐和阿丽一起进屋,二姐夫随后也到了。介绍完彼此,我感慨道:"上次见面还是三年前,不容易啊!"

阿丽和二姐、二姐夫提起,上次见面就是在吕江的家乡武义。

聊到生意,二姐、二姐夫和吕江有说有笑,我插不上话,只看着吕江——还是那么瘦削、精干,眼神锐利,和十年前火车上初见时没什么变化。

菜一道道上桌,大家边吃边聊。吕江问我去没去过港澳,我说还没。他立刻说:"等秋季广交会,我带媳妇孩子来,咱们一起去!你和嫂子先办好通行证。"我高兴地连连点头答应。

时间过得飞快,转眼就到下午一点半了。二姐要上下午班,吕江也得回展区。拥抱告别时,他还不忘叮嘱:"通行证一定办好!"果然,二姐夫和吕江又抢着结账……

如果我还在沈阳,哪有这次相聚的缘分?多亏广交会,为我们兄弟俩搭起了重逢的桥梁,真心感谢广州!

吕江从轿车后备箱搬出一堆礼物:土鸡蛋、莲子、藕粉等各种好吃的。二姐夫开车送我们回家时,阿丽分了些给他,其中有几包面条。后来二姐夫多次提起,对那面条赞不绝口。我心里满是温暖——这大概就是缘分最美好的模样吧。

吕江特意赶来相聚,还带了这么多礼物。回想起来,我们不过因火车换铺相识,却成了一辈子的好兄弟。去年春节,他给我寄来年货,我也寄去海城特产南果梨,请他尝鲜。

三 黄埔作协记事

与黄埔区作家协会的缘分,始于初到广州时在网上结识王国省主席。作为外来者,加入黄埔作协就像找到了"组织"。

黄埔作协与黄埔区图书馆联合举办"文学阅享会"活动,我也积极参与。第一次我因参加"辽沈作家云南采风行"活动,而错过了魏薇的《烟霞里》分享会。第二次我终于赶上《养月亮的小孩》分享会,不仅与作家李学武对谈,还结识了黄埔区图书馆馆长孔玉华。随后我撰写了文章《月亮上有个童话诗人》,发布在黄埔作协公众号。记得还有一次,黄埔作协微信群里有消息说,一位阿根廷作家要在黄埔区图书馆办讲座,主题是"博尔赫斯之后的阿根廷文学",我去听了。这位作家称在阿根廷,一个人、一台打印机,就能办出版社。

后来,"阅享会"请广州市作协副主席陈崇正分享他自己创作的科幻小说《美人城手记》和《悬浮术》，我去参加了，还主动上前和他打了招呼。

一次，黄埔作协微信群发布了召开全体会员大会的消息，秘书长陈春姣发来增补理事的表格，我欣然填报。大会前两天，经姚柔推荐，我参加了长岭居总工会的读书活动。总工会副主席龚皓年轻漂亮，主持活动时端庄大气，后来才知道她刚经历丧子之痛，不到一个月就投入工作，这份坚强让人敬佩。她聊起电影梦想，我们还一起构思了关于一个教育家创办中国第一所民办大学的故事。

5月20日会员大会上，我作为增补理事候选人排在候选名单第一位，并顺利当选。成为"黄埔区作家协会理事"，我在广州漂泊的心终于有了"登陆感"。第二天在广州图书馆办讲座时，我特意在个人介绍里加上这个头衔，阿丽发给北京的师友，千岛兄笑称我在广州有"身份"了。

就在会员大会那天，我穿着友人葛江洋老师送的一身唐装，区文联老主席庄汉山直夸"好看"，我心里美滋滋的。午餐时，我结识了诗人林鸿年前辈，他后来寄给我几本他自己写的诗集，其中一首诗《当你老了》我竟背了下来，有次聚会时背诵让他惊喜不已。还有文友陈映琼，她写的潮汕腌醉大虾馋得我直流口水，她文章中的"茶司令"一词让我稀罕了好久，后来才知道这在岭南是常见说法。

加入黄埔作协、当选理事，不仅是组织身份的改变，更让我结识了一群真心相待的文友。如今我"以笔为媒，逐梦黄埔"，我正一步步融入广州的文学土壤，渴望成为这片土地上真正的写作者。

兄弟姐妹

我顺势接了一句:"咱们做好营销,是为了从做宝洁到坐保时捷。"这话成了当天的金句,宛如广告语般令人印象深刻,大伙儿笑得直鼓掌。

因为热爱《白鹿原》,一讲起它我就有说不完的话。宣讲《白鹿原》于我是一种责任,内心深处更有一种传播它的使命感——好多人听说过《白鹿原》,却没真正读过,就算读过,也未必理解透彻。

作者写书、编辑出书,说到底都是为读者服务,让《白鹿原》的编辑和读者聊聊,这安排太妙了!跟何老师及师母一提,两位老人立马来了兴致。

感恩书香

一　世界读书日

我常说，我们爱文学的人都是当代的堂·吉诃德——在日常生活洪流的裹挟下，我们坚守着岌岌可危的精神高地，竭力守护那一方心灵净土不被湮没。

莎士比亚借哈姆雷特之口，在神学统治的时代高呼："人啊，你是宇宙的精华，万物的灵长！"神是永生的，可人呢？"生存还是毁灭，这是个问题。"于我而言，答案则是：活着，好死不如赖活着，像我这样！

4月23日是莎士比亚的诞辰与忌日，也是塞万提斯的忌日。1995年，联合国教科文组织将这一天定为"世界图书与版权日"，亦称"世界读书日"。

2011年秋，我来到沈阳，适应两年后，我观察到社会读书活动渐渐多起来。也就是那时候，我成了全民阅读志愿者，还发掘出了自己讲课的潜能，于是越做越顺、越做越快乐。人们常说，个人成长与时代发展紧密相连，还真是这么回事——社会需要阅读推广人，我正好搭上了这班车。我是志愿者，也是受益者，参与全民阅读这十年，我从声誉到收入都有收获，和我一起读书的人也是赢家。这十年我到底和多少人分享过阅读的快乐？真的说不清，但数量肯定很庞大。这么一想，我还有点小骄傲——我把自己爱的阅读快乐分享出去，像农民插秧一样，在好多人心里种下了精神绿苗。

更让我骄傲的是，"北上广深"我都讲过课。

我在网上看到：广州在打造"图书馆之城"样板！截至2022年底，广州已拥有公共图书馆（分馆）、服务点、自助图书馆1368个，基本实现公共图书馆服务均等化。现在，广州正朝着"智慧图书馆之城"和"阅读之城"迈进。

世界读书日前后，全民阅读活动扎堆，有官方的，也有民间的。

2023年4月22日上午，我在中山图书馆为读者分享了《白鹿原》。中午李允平大姐请我和几位残疾人作家小聚。午后，我赶去醉茗斋茶叶公司——黄埔作协的孙艳约我参加"悦享文学书斋"的读书沙龙。这是个自发的读书小组，靠微信群联系，不定期举办线下活动。孙艳拉我进群，里面有80多人，她说每次活动只要有空，大家都乐意来，图的就是在阅读里感受快乐。

我按导航到了醉茗斋楼下，孙艳在二楼楼梯口等我。不巧电梯坏了，阿丽拉着我爬了好长的楼梯。转过走廊进房间，屋里只有六位参与者。这次是一位年轻姑娘讲授营销课。这对我挺新鲜，我以前从没接触过此类题材。这姑娘叫张璇，她以推广"胡须鸡"为案例，介绍说为拉近顾客距离，店家特别研发了"椰子鸡"菜品。后来我才知道，她曾在某营销杂志征文中，靠写自身营销经历的文章拿了一等奖。可能因为广州商贸发达，我才能接触到沈阳未曾遇见的营销课——沈阳肯定也有，只是我没碰到过。课后，我还鼓励张璇把她的营销经历写成职场小说。

张璇全程面带微笑，设计的课程还让听众动手绘画参与。起初我感觉有点"小儿科"，后来居然被带进去了，甚至颇为投入。现场有人自我介绍说以前做"保洁"，我以为是清洁工作，结果人家说的是"宝洁公司"。我顺势接了一句："咱们做好营销，是为了'从做宝洁到坐保时捷'。"这话成了当天的金句，宛如广告语般令人印象深刻，大伙儿笑得直鼓掌。

散场时还有伴手礼。

我们几人一起吃晚饭。从饭店出来，斜对角过个路口就是地铁站。这路口异常宽阔，走到地下，眼前豁然开朗——地铁站空间极其开阔，一眼望去颇具透视画般的纵深感。工作人员介绍，这里是亚洲最大的单体地铁站——天河公园站。我赶紧拍照发朋友圈，又一次真切体会到广州的"大"。

第二天，我问孙艳："昨天谁请客呀？我得知道感谢谁。"当时孙艳让我和阿丽先撤，她们结账。孙艳说："是我和张璇一起请的。"我听着有些疑惑："两个人合请？咋不是你请或者她请呢？"后来才弄明白，这就是广州常见的 AA 制。

后来，我找机会回请了孙艳和张璇。

我住的楼下新开了一家茶点店，颇受好评。我就约来孙艳母女、张璇及吴小琴来这里小聚。就在这次聚会上，我们萌生了一个想法：利用我的讲课与写作专长，为企业员工提供培训，指导他们撰写企业故事。张璇特别能干，很快就拟定了方案，积极推动此事。她和孙艳都有企业工作经验，我这算是搭上了顺风车。

* * *

4月23日晚上,我在线上为沈阳市盲人协会的会员做了一场人文地理讲座——《家乡的河》,就这样度过了在广州的第一个世界读书日。

之前收到前辈、军旅作家胡世宗老师惠赠的两册新著,一本是他汇编的《致敬雷锋:诗选100首》,一本是他撰写的《洪流放歌:我写雷锋60年》。4月24日,我向胡老师谈了阅读感受,还写下《雷锋的证明》一文,后来发表于5月9日的《沈阳晚报》。这是我首次书写雷锋,完成了一次精神洗礼。我从小知道雷锋,如今年过半百,终于为雷锋做了点力所能及的小事。

我时常指导、帮助残疾人作者修改文章。比如散文《打青草》,原稿不仅存在错别字、语病和逻辑不通的问题,关键处的叙述也显得混乱。我逐字逐句地校对、修改,在保留原稿生活写实的基础上,增添了些许文学美感。尤其在结尾,我调整了顺序,令文章有了灵魂升华的神采。

有一位重度残疾作者在处女作发表后,微信找我:"这篇作品不是我的,我不能冒名顶替!"我一查来稿和编辑记录才明白,原来他投稿的标题被我改成了《春之声》。这首小诗有50元稿费,是这位残疾诗人在文学路上掘得的"第一桶金",让他在家中赢得了一丝尊严。

林徽因笔下有"人间四月天"的美好时光,在我的记忆中,广州的这个4月也藏满了数不清的平凡故事,回忆里尽是烟花绽放般的闪光时刻。

4月25日,应河源职业技术学院之邀,我为大学生作了一场报告——《人生跟着梦想走》。我分享了自己靠学习改变命运的经历，重点探讨了课堂之外的生命教育。

4月26日，我收到王雪丽老师寄来的新书《风华永茂》，王老师与我是推心置腹的忘年交。她已年过古稀，我曾力所能及地帮助她整理、校对书稿，对个别篇章进行了润色，内容提要和后记也经我手处理。此番捧读新书，我体味到了读书人的幸福。

二　中山图书馆"首秀"

说回4月22日，我在中山图书馆开讲《白鹿原》的事。

初次前往中山图书馆，穿过开阔的大广场，只见图书馆前排着长长的队伍，沿道路转弯延伸，场面颇为壮观。读者们早早就来等候开馆，这般景象令人欣慰，喜欢读书的还是大有人在。

远观图书馆，是黄墙绿瓦的三层老建筑，一排排窗户映照着蓝天、白云与绿树。我先在右侧阅报栏前驻足浏览，并拍下图书馆正门照片，发给北京的何启治老师。稍后，我还将与何老师连线——我带来了何老师赠予馆内的著作《不朽的丰碑〈白鹿原〉》。

图书馆大门打开了，人们匆匆往里走，好像要去抢什么稀罕东西，晚了就没有了。我拄着拐杖不便争先，便静看众人冲进馆内，那急切的模样煞是可爱。不过几分钟，庞大的队伍便都"钻"进了书页里，消散在馆内各处。

一进门，我便感受到一股神圣的力量，似透明纱幔缠绕着我，既像重压，又似要将我托起。我的嗅觉瞬间敏锐起来，浓郁的书香扑鼻而来——那是在乡下老家打开书箱盖、在沈阳城里打开书柜门时，总让我魂牵梦萦的味道。

进门处设有橘黄色盲道，接待台前，一位穿黑色西服套装的女孩见我和阿丽进来，起身迎接。她身姿挺拔，透着干练。我轻声询问，话未说完，女孩便笑问："您是赵凯老师吧？"我点头回应。

我很喜欢这里，既有书香，又有绿意，人文与自然相伴共生，生生不息。

讲台边的投影幕布旁立着易拉宝展架。天蓝的底色上，"白鹿原"三个白色大字十分醒目，中间是活动介绍，底部是关中麦田里弯腰收割的麦客——这正是陕甘一带的景象。《白鹿原》中，黑娃曾外出当麦客，遇见了田小娥。

听到我的声音，工作人员陈韵瑶从办公室迎出来。她向我介绍了同事林菁春。也许是在文化场所工作的缘故，她俩身上的气质，与路上、地铁中遇见的女孩截然不同，环境确实能塑造人。若这世间的工作可让我自由选择，图书馆员定是我的首选之一。

这时，读者陆续到场。有人跟我打招呼，是广州市残疾人文学团队的成员，我有点印象。还有一对年近半百的男女，文质彬彬，一看就是知识分子，只是不知道具体从事什么工作。我主动搭话："您二位是喜欢《白鹿原》吗？"他们点头笑着应和："是呢。"男士说："我们在手机上看到讲座预告，是讲《白鹿原》，就特意过来听听。"我问："你们是哪一年读到《白鹿原》的？"女士接话："这书刚出来的时候，我们就看了。"我笑着说："我也是。《白鹿原》先是在1992年《当代》杂志最后一期开始连载，1993年出版了单行本。"男士感慨："知道这书好，但也看不太透，我们是搞理工的。"我打趣道："都说清华比北大培养的作家更多，更有名。"女士笑着接话:"北大培养大学者呢。"

正聊着,一个魁梧的汉子大步流星走进来——是金智,他刚从全国残疾人作家班结业。我一看他背着迷彩绿的大背包,就知道他是刚下火车就赶过来了,连家都没回。这让我特别感动!崔奕和他姐姐也来了。崔奕是退役伤残军人,也是大连的优秀残疾人工作者。

李允平大姐也到了,我赶紧挪开一把椅子,请她把轮椅停到前排。

就在这时,我右侧脖颈到后脑勺的某处突然神经剧痛起来,一跳一跳的。这疼痛从15岁起就困扰着我,如今50岁了仍未痊愈。春天去丽江,在玉龙雪山脚下,也是这儿疼得厉害,感觉脑袋都要裂开。其实来图书馆的路上就开始隐痛,现在是越来越疼了。我躲到讲台侧面,习惯性地抬起右臂,用手指按压着痛点。要不是在讲座现场,我早疼得直吸气甚至呻吟了,但这会儿我是主讲人,得打起精神才行。

讲座开始,我首先感谢读者朋友捧场,感谢中山图书馆搭建了这么好的交流平台,然后说:"你们大多看过《白鹿原》小说或是影视剧,知道这书,但你们可能不知道,《白鹿原》这部写关中人文的小说,是广东人挖掘推出的——是龙川人何启治老师陪着陈忠实先生,联手造就了《白鹿原》这座当代文坛的高峰。"我简单讲了《白鹿原》对我的特殊意义,能来恩师的家乡宣讲这部小说,我是真的兴奋、喜悦,还特别激动。

接着,我展示了何启治老师托我赠给中山图书馆的书——《不朽的丰碑〈白鹿原〉》,赠书扉页上有何老师的签名盖章。我还现场拨通了何老师的电话,何老师说想念家乡,感谢图书馆为宣传《白鹿原》做的事。

我没细讲《白鹿原》中具体的人物故事,主要讲解了这部长篇小说的意义、价值,还有它越来越被看重的前景。因为热爱《白鹿原》,一讲起它我就有说不完的话。宣讲《白鹿原》于我是一种责任,内心深处更有一种传播它的使命感——好多人听说过《白鹿原》,却没真正读过,就算读过,也未必能理解透彻。

站在讲台上,我忘了病痛,或者说顾不上想它。台下掌声响起时,我心里清楚,这次讲得虽不算完美,但总算完成了任务。

陈韵瑶此前和我打过招呼,说赶上读书月活动多,经费紧张,只能给我标准课酬的一半。我笑说:"为了《白鹿原》,义务讲也没关系。"在沈阳我也常这样——有酬劳当然好,能贴补生活,没酬劳就当回报社会,反正是我能做的精神文化劳动。后来,我把在中山图书馆这场讲座的酬劳,委托李允平大姐转捐给了广州市残疾人文学团队。

三 广州图书馆讲座

"小蛮腰"高耸在宽阔的江水对岸。倘若能踩到广州塔的影子,站在"塔尖"上,就如同攀上了广州的最高点。若能揽住"小蛮腰"的腰,想必定能顶天立地了。以前在飞机上俯拍黄河,倾斜的视角下,长河像棵大树,根扎山峦,枝梢伸到天边,我在散文《大辽河中》结尾就用了这个意象:一条大河顶天立地。

把读过的书叠成通天塔,让心灵登上九霄——这是我想做且正在做的事。

4月3日，李允平大姐约我去广州图书馆，拜见负责残疾人阅读活动的子君老师，谈讲座的事。

平姐早到了，她先带我和阿丽去看海心沙码头。江对岸便是"小蛮腰"——广州塔，造型窈窕，宛若直入云霄的长腿丽人。走过宽敞的现代化广场，其建材和结构，对我皆是新奇的视觉印象。凭栏俯瞰，平稳深沉的碧绿江水，正是珠江主干道。在广州，到处是珠江水系，水网交织，北方来的我，头回见识这种几步一桥的水乡景致。我不禁想：一百年前汽车没普及、桥也不多时，广州该有多少码头和渡船啊！

广州图书馆负一层的餐厅特别实惠，我们三个人午餐才花73元，感觉是福利价，不似广州的消费水准，恍然间似回到了北方快餐店。午后离开餐区，穿过大厅进入办公区走廊，一位身形健美的中年女子笑着迎上来，这就是子君老师。虽是第一次见面，但我见过她的照片，在文学群中亦有交流，并无生疏感。

我们在会议室刚坐下，茶就沏好了。一位清秀的中年书生走进来，子君老师介绍，这是罗逸生主任。

罗主任开门见山地说，馆里一年要搞四千多场活动。这数字真吓人！罗主任为我量身打造了一个新的阅读活动：我有嘉宾·经典阅读。好一个"经典阅读"！这恰是我的专长所在。在辽沈家乡，我便是图书馆的"领读者"，擅于在一个半小时内，引导读者共赏一本好书，助其快速把握精髓。罗主任笑言要"每周一讲"，我有点紧张：这太密集了！其实，不是能不能讲的问题，而是来一趟太远，一来一回加讲课交流，回家还得歇息，差不多要耗费一整天。忆及2016年，北方图书城在沈阳创办24小时歌德书店，到 2017 年我赴鲁迅文学院学习之前，我曾坚持在那里"每周一课"，分享世界名著及诺奖作品。

罗主任说本月活动排满了，下月开始轮到我。我对《白鹿原》情有独钟，便提议首场先讲它。罗主任立刻赞同："这书能吸引更多读者，正好博个开门红。"

我打心眼里感激广州图书馆的接纳。初来乍到便获得认可，为我提供展示能力的平台，这份知遇之恩，我铭感于心。

我把《白鹿原》讲座资料发给罗主任，很快定了日期：5 月 21 日。

* * *

盼着盼着，5 月 21 日终于到了。午饭后，我和阿丽出发去广州图书馆。真巧！在中山图书馆的讲座是在世界读书日期间，这次在广州图书馆的讲座又遇上了全国助残日。

图书馆里人来人往，到北四楼中庭，看到立起的大幅海报像面墙，几十把椅子摆得整整齐齐。趁开讲前，我去旁边看了"俄罗斯现实主义文学展"，展架上是沙俄时期文学黄金时代的代表作家肖像，长条展桌上，陈列着他们的经典著作。有些名著我读过，有些只听说过，有一本书我竟全然不识，当时我还惊讶自己孤陋寡闻，现在却想不起那书名了。

《白鹿原》影响力真不小，讲座还没开始，场内椅子就坐满了。开讲后场外站了不少人，路过的人也停下听讲，好多人站着听完全程。我完全按自己的思路讲，讲得得心应手、酣畅淋漓。

讲座前一天，阿丽说："这次讲《白鹿原》，还是与何老师电话连线吧。"我寻思着，何老师年纪这么大了，实在不忍心再麻烦他。直到出发前，我突然灵机一动：对呀！这回可以请何老师直接跟《白鹿原》的读者说几句。多新鲜的点子！作者写书、编辑出书，说到底都是为读者服务，让《白鹿原》的编辑和读者聊聊，这安排太妙了！跟何老师及师母一提，两位老人立马来了兴致。

何老师赠给广州图书馆的《不朽的丰碑〈白鹿原〉》，是和赠给中山图书馆的书一起寄来的。此前，我已向罗逸生主任说明，他表示十分感谢。

赠书由陆主任代表图书馆接收，他回赠了感谢状。随后，我拨通何老师电话，介绍现场挤满了《白鹿原》读者。何老师温厚的声音经麦克风传遍全场，他用粤语向读者们问好，还提及他对《白鹿原》的经典概括：巨大的真实感、人物的经典性、雅俗共赏的艺术特色。他最后说道："感谢大家对《白鹿原》的热爱。"不少读者被何老师的声音吸引过来，人群围得里三层外三层。

讲座时，我聊到文学创作的一些门道，引发了作家孙艳等文学爱好者的共鸣，好几个人频频提笔记录。互动环节气氛热烈，提问踊跃。一位女孩的提问尤为精彩——现场提问常流于浅显，而她的问题却刁钻深刻。

这个女孩叫姚宇琳，她爸爸姚俊杰是我在一次读书活动上认识的。宇琳在深圳读大学，为了听这场讲座，特意一大早赶来。结束后，我和阿丽搭他们的车回家。他们家比我住的地方还远，就为了《白鹿原》跑这么一趟，这份热情太让人感动了。

宇琳年仅19岁，其阅读广度与理解深度令我惊叹。她的一些见解兼具潮流感，亦为我这个资深中年所欠缺。她的问题是：白孝文从一个老实憨厚的长子，在结婚以后为何性格转变过于大？

我当时现场是这么回答的："白孝文是《白鹿原》里最有'戏'的角色。他本是族长接班人，以'太子'身份掌管族里事务，还带头惩戒田小娥。结果被鹿子霖算计，田小娥一勾引，他立马'破防'，从人人敬重的族长儿子堕落成浪荡子，卖光家产当乞丐。又是鹿子霖推他入伍，他一路高升，最后投机革命当上县长，还除掉了黑娃。有人说陈忠实写《白鹿原》受了《静静的顿河》影响，但葛利高里是在革命与反革命间摇摆，而白嘉轩却坚守传统，黑娃的经历倒和葛利高里有点像，白孝文完全是另一套路子。白嘉轩从小对他管教严苛，反而让他压抑了本性。和田小娥的私情一曝光，他彻底'摆烂'，从极端压抑走向了极端放纵。说白了，他性格的大转变，就是人性本能和社会约束的剧烈碰撞，这种反差才让角色立了起来。"

一场讲座，能遇到宇琳这样热爱文学的年轻人，让我体会到"后生可畏"的惊喜。盼望她在多年以后，能成为研究《白鹿原》的专家——"白学家"。

我们一同前往拜谒张九龄墓。在诗碑长廊里,王心钢大哥与我倾谈甚多,尤其关切我在广州立足之事,帮我出主意。

然而谈及经历,她说曾去过新疆、云南,乃至国外。行动的不便未能禁锢她飞翔的翅膀。

这"挂绿"二字,我在旻旻家就听她说过。当时,旻旻母亲端上一盘荔枝,口感极甜,旻旻说这是增城佳品,今年最后一拨,再尝要等来年。

增城区图书馆为打造地方文化品牌,特以这最珍贵的荔枝命名,创办了"挂绿人文讲堂"。

粤地访友记

一　王心钢

韶关是粤北门户，广东省的北大门。从地图上看，我意识到这里是岭南与内地的咽喉要冲，南北交通汇聚于此。然而，我仍未充分预料到韶关在文史地理上的深厚底蕴。韶关是客家文化的聚集地、广府文化的发祥地，也是马坝人的故乡、禅宗文化的祖庭，还是一代名相张九龄的故乡，被誉为"岭南名郡"。

为什么提韶关？因为5月5日那天，我专门跑去韶关看望王心钢大哥了。

早在2015年1月，我头一回到广州，便结识了广东省残疾人文学组织的领军人王心钢。在我随阿丽来广东探亲前，恰好在网上看到广东省残疾人作家培训大会的消息。我感觉特别亲切，渴望参加。我向何争哥提及此事，他恰好认识广东残联的朋友，便推荐我列席会议。

我报到入住后，刚放下行李，便听到敲门声。来访的是三位客人：作为东道主的王心钢第一时间前来看望，同行的还有韶关作协主席荣笑雨，以及广东省残疾人体育与艺术中心的龚春光主任。

我与王心钢一见如故，会议结束后也保持着联系。2019年春天，我到广东做讲座报告，之后去了韶关残联和作协。当时，是荣笑雨主席和一位美女赛车手欧琳到车站接的我——用专业赛车手接站，这待遇我还是头一回体验。

印象深刻的是王心钢大哥和荣笑雨主席带我参观南华寺——禅宗六祖慧能弘扬南宗禅法的祖庭。殿内廊柱上，一副长联尤为震撼："两手将山河大地捏扁搓圆掐碎了遍散虚空浑无色相，一棒把千古业魔打死救活唤醒来放入微尘共做道场。"其中"打死救活唤醒来"一句，直击我心。我深感自己就是那个被"打死救活唤醒来"的人。

寺院一门楣上，镶嵌着"胡饼"二字。这让我想起戚继光打仗时，百姓为军队制作的军粮"光饼"。转念又想：这个"胡"字，与北方文化有何关联？

再就是那令人失望的"竹筒饭"。听说有竹筒饭，我兴致勃勃，一直对南方竹筒饭充满好奇，此次终于得以品尝。待端上桌才明白，原来只是将电饭煲煮熟的白米饭盛入黄黑、半圆的旧竹筒里。那竹筒陈旧得仿佛使用了数十年，浸透了油光，如同有了包浆的快板。直到2023年春天在云南昆明，我才吃到正宗的竹筒饭：破开竹子，内里的薄膜覆在米饭上，一股淡淡的竹香沁人心脾。

* * *

5月5日这天，与我和阿丽同赴韶关的还有金智，他带着机灵可爱的五岁小儿子。李允平大姐本也计划同行，但因乘坐高铁抵韶后缺乏无障碍车辆，其轮椅通行不便，无奈未能成行。

到火车站迎接我们的，仍是荣笑雨主席。这一次，他亲自驾驶越野车。我念及美女赛车手欧琳，荣主席告知她已出国。我们先参观了韶关市博物馆，方知"海上生明月，天涯共此时"的千古名句作者张九龄原是韶关人。这诗句自小背诵，熟记于心。

随后，王心钢大哥等师友前来会合，我们一同前往拜谒张九龄墓。在诗碑长廊里，王心钢大哥与我倾谈甚多，尤其关切我在广州立足之事，帮我出主意。身为韶关残联领导及作协常务副主席的他，因脑瘫导致全身协调性欠佳，上台阶尚可勉力而为，下台阶则需两旁友人搀扶保护。荣笑雨主席作为其多年搭档，懂得何时该及时出手相助。

午间聚餐，意外见到了廖春艳！她是我初访韶关时结识的全国残疾人作家班（上海班）学员。2023年世界读书日那天，她在朋友圈晒出一双儿女读书的照片：幼儿园大班的姐姐与弟弟头靠着头，姐姐正指着书页图文讲解，小弟弟虽将右拳塞在嘴边啃着，一双圆亮的大眼睛却紧紧盯着书本，神情格外专注。这位不足半岁的小读者深深打动了我，我当即将照片转发沈阳师友，并赞叹："这才是真正的好读者！"。

得此佳儿，春艳幸福满溢，我由衷为她高兴，亦满怀羡慕。

席间众人欢聚一堂。

午后，我们愉快返程。此行虽奔波辛苦，但得见好兄弟、老友，心中十分高兴。来广州之前，探望王心钢大哥便是我计划中的重要行程，如今心愿已了。

二 女作家旻旻、诗人罗德远

7月12日，我与李允平大姐、金智，以及盲人朱会长，照约定前往广州增城区探访优秀的残疾人女作家旻旻（林爽英）。此前我听说过她，她也知晓我的名字。然而，我们未曾交流，网上亦无交集。

我现居之处，据说原属增城，后因区划调整划归黄埔。

从我住处打车至广州地铁21号线长平站。因是高架站台，甫入明亮光线，一时竟觉两眼发黑，有些懵然。从这里前往增城，地铁列车多在高架轨道上运行。望着窗外连绵的山峦，我明白高架轨道建设较地下工程更为节省造价。在北京、重庆和杭州，我都曾乘坐过高架地铁。尤其在杭州，列车高速飞驰，竟让我生出乘飞机之感，耳部颇感不适。

抵达终点增城广场站，与平姐和朱会长会合。朱会长一开口，就是典型的视障人士的直爽劲儿，语速急促。

平姐乘电动轮椅，我与阿丽打车，同朱会长先行抵达旻旻家所在小区。

入室后，旻旻正在里间辅导两名小学生。令我未料到的是，旻旻行动竟如此艰难，需由母亲将她从房中背出。然而谈及经历，她说曾去过新疆、云南，乃至国外。行动的不便未能禁锢她飞翔的翅膀。

旻旻是典型的南方女子，模样格外清秀。或因少外出，肤色更显白皙。岁月似乎未在她身上留下太多痕迹，人到中年，她仍给人一种少女般的印象。

我和她虽是第一次见面，彼此间却无甚陌生感，恍若老友重逢。旻旻母亲端出备好的茶点招待我们。不一会儿，金智带着孩子也到了。

畅谈间，旻旻忽然问我："你还要去见罗德远大哥吗？"我很诧异，她是怎么知道的？

＊　＊　＊

我的确约了罗德远兄长，意欲一见。我第一次来增城便知，诗人罗德远就在增城区图书馆工作。从旻旻家窗口，便能望见图书馆大楼。

我与罗德远兄长相识于"露天吧"微信群。他主编《打工诗歌四十年精选（1983—2023）》时，我曾将征稿通知转发伙伴们。我的作品入选后，收到了样刊。因曾组织文学活动，我深知支持的重要，遂又加购了数本。

没过多久，罗德远兄长开车至小区门口接我。交流数载，终得相见。他满脸憨厚的笑容，让人感觉特别亲切。他原以为我只是路过广州，尚不知我亦如他，已定居广州。

增城区图书馆大楼，其气派远胜我的家乡辽中区图书馆，二者完全不在一个层级。

上楼至罗德远兄长办公室门口，为免打扰同事，他带我进了对面会议室。落座喝茶时，他向我介绍了图书馆情况，重点聊了"挂绿人文讲堂"。这"挂绿"二字，我在旻旻家就听她说过。当时，旻旻母亲端上一盘荔枝，口感极甜，旻旻说这是增城佳品，今年最后一拨，再尝要等来年。依稀记得她所指的便是"挂绿荔枝"——增城荔枝的金字招牌。

旻旻说，有颗挂绿荔枝曾拍出天价50余万元。我从局外人角度看，只将此拍卖形式当作广告。"南海荔枝，以挂绿为第一"；"一果倾城"，倒是不虚。增城是全国著名的荔枝之乡，荔枝品种、数量冠绝全国。

增城区图书馆为打造地方文化品牌，特以这最珍贵的荔枝命名，创办了"挂绿人文讲堂"。

罗德远兄长说他老家在四川泸州，他原本是村干部，受赴粤打工乡亲的影响，他也南下广东发展。在打工文学兴起的浪潮中，他与王十月、郑小琼等十人，作为文学艺术人才，被特批落户广州增城。后来，王十月、郑小琼创作成就很大，去了广东省作协《作品》杂志社工作，罗德远兄长则一直扎根增城区图书馆。

我也向罗德远兄长简述了自己的过往经历。他嘱我将个人资料以图文形式发给他。

罗德远兄长热情洋溢，我们相谈甚欢。他认得沈阳《诗潮》期刊的主编刘川，刘川是我的挚友。告别时，罗德远兄长开车将我送至地铁口。他提及刘川已微信留言，称我为"好大哥"，托他多加关照。闻此言，我心中暖流涌动——兄弟情谊，纵隔千里亦不冷却。我们挥手作别，相约再见。

看着他们活力满满的样子，我都觉得自己年轻了好几岁。能参与世界500强企业广药集团的文化建设，这种机会要是不来广州根本碰不到，我心里别提多兴奋了。

终于拿到绿色的新银行卡，我很兴奋，觉得这是来广州后办的又一件大事！握着它，感觉自己越来越像个真正的广州人了！

在广州第一年的文化工作里，为广药集团创作宣传稿，确实是我心里的一件大事。

白云山"陈李济"

我最早知道广州白云山制药总厂，是从电视广告"三九胃泰"开始的，后来也用过他们的"感冒灵颗粒"中成药。这回才知道，白云山制药属于广药集团旗下。

6月1日下午，王国省给我发了条信息，附了张他和别人的微信对话截图，内容是："我们公司承接了广药集团参加市国资委组织的诵读比赛。目前选定了诵读篇目，最棘手的是稿件问题。想咨询您能否承担创作任务。时间紧急，下周二前要出初稿，要求政治站位高，结合广药集团元素，以情景剧形式展现，突出故事性。"

这本来是找黄埔作协主席写稿，可国省兄弟关照我："有个广药集团的活儿，看看你能不能接，我向他们的刘老师推荐了你。"我一听特别高兴，立马答应下来。

王国省把我的电话推给对方，我很快就接到电话，是个甜美的小姑娘声音，她叫刘一丹，在广药集团旗下"中一药业"工作，约好第二天下午来送材料。

小姑娘特别守时，第二天下午就见到了她。坐在客厅里，阿丽沏了茶。刘一丹笑着说，这活儿本来别人负责，结果那人休假了，她来帮忙——真是个热心的好姑娘。她把一堆广药集团的材料放在桌上，转达了上级的要求。首先是时间紧，当天是周五，最迟下周二就要提交初稿。

我要先熟悉材料再动笔。我边看材料边画重点，记下关键词句，这才知道广药集团从明代"陈李济"起步，已经400多年了。真是国粹老字号，让人挺骄傲。

周六晚上，我写出初稿《悬壶济世，健康中国》。我的设计带有蒙太奇戏剧性，先展现明代陈李济制药的复古场景，通过师徒对话讲医药传承。以下为稿件选文：

（舞台上，大屏幕显示"陈李济"中药老铺的门面。演员们身着传统药工的衣服，表演中药生产古法工艺及拜师仪式。）

主持人：陈李济拜师仪式现在开始。

（三个年轻人向坐着的老者行大礼。）

师　傅：你们制药是为了什么？

徒弟甲：制药是为了治病。

徒弟乙：制药是为了救人。

徒弟丙：制药是为了普度众生。

师　傅：（点头赞许）说得好！你们说得都对。但是，制药还有最重要的一点，那就是先救自己。制药的人自己里里外外都健康了，才能堂堂正正地制药，这就是陈李济的《济之道》。

（师傅把线装书送给徒弟们。大屏幕上出现《济之道》书影。）

（徒弟们鞠躬谢恩，转身离去。师傅慈祥地望着他们离去的方向，突然想起什么，招手道："回来。"）

（一个穿着现代广药工装的青年女工跑上场。）

女　工：师傅，我来啦！呀，这中药的味道太好闻了，真香啊！这一吸一呼之间，我感觉整个身体都被过滤、洗净，变得健康了。

师　傅：这是最纯正的中国味道。

女　工：这是中国人灵魂深处散发出来的芬芳。

师　傅：说得好啊！从神农尝百草，到药王出世。中医中药，代代相承；悬壶济世，薪火不断。我们广药集团，从明代的陈李济开始，走过400多年，为咱中国人的健康保驾护航。广药广药，是广大老百姓的健康良药！

（接下来展现青年员工积极争取入党与当代拜师仪式相结合的场景。）

周日一整天，我都在修改稿件。到了周一，我又仔细斟酌了一番，重新梳理内容后，把稿件发给了刘一丹。这小姑娘提了些建议，我增补内容后，周二她的领导又给出意见，我接着调整修改。那几天真是紧锣密鼓。

6月7日周三中午，刘一丹带着单位同事，开着商务车专门来接我。她之前说单位离我住处不远，可上车才发现，路上开了好久。车里都是年轻人，一路欢声笑语。我因强直僵硬无法转头，但也聊得畅快，被他们的朝气感染，心里特别高兴。车开了好远，最后到了沙面岛——广州最具异域风情的历史街区（曾为租界,多西洋风格建筑)。2015年,我跟着广东省残疾人作家组织来过这儿采风,没想到广药集团总部就在这儿。

我们上楼穿过天台进了会议室,里面已经坐了不少年轻人。刘一丹给我介绍了部门主任翟刚,之前写稿时我们通过电话。不一会儿,一位穿紫色碎花长裙的女艺术家来了,翟主任介绍说这是裴立宇老师。她先是客气地夸了我的稿子,接着聊起舞台表演的设计、角色划分,还让在场这些来自广药集团的年轻人挨个上台朗诵,现场分配台词。看着他们活力满满的样子,我都觉得自己年轻了好几岁。能参与世界500强企业广药集团的文化建设,这种机会要是不来广州根本碰不到,我心里别提多兴奋了。

后来又来了一位蔡部长,大家介绍完握了手,当时我还不知道他具体负责什么。等角色分配完,蔡部长开始谈稿件修改想法。我们转到小会议室,大伙你一言我一语地提意见。这时我看了名片才知道,他是广药集团组织部部长、统战部部长兼人力资源部部长。这下我才明白他的分量,打心底里佩服。他讲话特别有高度,提的意见也都切中要害。综合大家的想法,我也说了自己的修改思路,没想到还得到了认可。聊天时我才知道,小时候就知道的救火英雄向秀丽,原来就是广药集团的员工;我因参与《党史纵横》编辑工作而了解的革命先烈杨殷,也曾在此工作并领导工人运动。我记住了广药集团的三大文化基因:长寿(绿色)、革命(红色)、创新(蓝色)。

聊着聊着,蔡部长突然问我对党史熟不熟悉。我赶紧介绍自己在参与《党史纵横》杂志的编辑工作,还负责精英集团教育研究院"根深叶茂教育"公众号,内容聚焦红色教育。蔡部长笑着说："那以后还有很多合作机会！"我一听，当即应承下来。

返程时赶上晚高峰，车在高架桥上行驶，从夕阳西下一直开到天黑。先送刘一丹回了单位"中一药业"，最后司机才把我和阿丽送到小区门口。吃过晚饭，我立马打开电脑，把下午的修改意见落实到文稿里，加了好几段群体背诵理论文章的内容。为了控制时长，我只好删掉原本设计的戏剧化情节。忙到半夜，我把修改稿发到工作群，蔡部长、裴立宇老师他们纷纷点赞，说我效率高。

一个多月后，我猜他们的比赛应该早就完成了。7月26日上午，手机收到短信，显示银行卡入账一笔钱，正是这次的稿酬。

办这张卡可不容易。小区东南角隔着小桥和十字路口就是广州农村商业银行，为了方便收取讲座报酬，我特意去办卡，选这家银行就是图路近。来办业务的多是中老年人，且大多是保洁公司员工。我最早到的，却赶上银行午休关门，只能在外面干等。下午一点开门时，后面排队的人一拥而入。轮到我办卡时，一位端庄的中年女营业员和气地问："办银行卡做什么用？"

"日常存取款用。"我回答。她解释道："现在有新规定，必须问清用途，防范电信网络诈骗。"虽然觉得流程繁琐，我还是配合说明了情况。终于拿到绿色的新银行卡，我很兴奋，觉得这是来广州后办的又一件大事！握着它，感觉自己越来越像个真正的广州人了！

收到刘一丹"稿费已到账"的消息，我立即将稿费凭证截图发给她道谢，并告知王国省，感谢他的关照。在广州第一年的文化工作里，为广药集团创作稿件，确实是我心里的一件大事。

因为和广药集团有了交集，我开始关注中医中药的发展。这才知道，日本企业在国际汉方药市场占有重要份额，且曾试图收购中国陕西老牌中药企业。看来广药集团肩上的担子不轻，真是守护国药的重要支柱啊！

黄礼孩引我到老刀面前——老刀虽已退休,看着却像40岁的年轻人,果然诗歌让人不老。

这一天让我深刻体会到:广州太大了!以后出门得打足提前量,甚至得留"远超预估"的时间,毕竟在广州,提前两小时出发都可能迟到!

可惜荔枝只甜在春夏之交,要是一年四季都能吃就好了。真希望果树专家能研究出保鲜法,或者像北方用盆栽暖棚种苹果、桃子那样,让荔枝在寒冬也能结果。

匆匆忙忙
碌碌

一　残疾人文学征文

广州市残联与市文联联合举办的"全国残疾人文学征文活动",负责人李慧老师找我当评委,还让我再邀请两位,最好是健全人,体现"残健共融"。我想起上次和苏一刀见面时聊起黄礼孩(广州市作协副主席),就请一刀兄当评委,并通过他邀约黄礼孩。一刀兄说自己不便当评委,另外推荐了诗人老刀。黄礼孩我早有耳闻,老刀倒是第一次听说——我平时很少写诗,跟诗坛基本没接触。

缘分这东西说来就来。黄礼孩答应当评委后,有次在黄埔区图书馆香雪馆(总馆),我看见一个衣着随性、头发蓬松的人在打电话,当时没在意,还以为是外国人。后来我在榕树下观看流水中的小鱼,听见他在电话里提到稍后的读书会,突然想起活动通知里有黄礼孩的名字——这不就是他吗?等他挂了电话,我赶紧上前问:"您是黄礼孩老师吧?"他马上点头,笑着和我握手。

我和老刀的初次见面,是黄礼孩安排的。5月30日那天,黄礼孩发来信息:"今晚广州图书馆有场诗会,你有兴趣来吗?""谢谢黄老师,晚上见。""你见过老刀吗?""没见过。""那我叫他也来。"晚上到了广州图书馆广场才知道，这是场延期至今的新年诗会，还是户外活动。黄礼孩引我到老刀面前——老刀虽已退休，看着却像40岁的年轻人，果然诗歌让人不老。那晚热得够呛，夜幕灯光下，我听见"哗哗"的水声，阿丽过去一看，原来是会场旁几台大风扇正卖力转动送风，恰似寒冬里捧来几朵棉花——心意虽诚，却难解酷暑热浪。

5月16日，李慧老师将整理好的征文来稿发给我，分为三组。我把其中两组稿件转给另两位评委，自己留一组，三人分头初选。然后，从我们三人挑选出的入围作品中，综合评出一、二、三等奖和优秀奖。对于入选作品，我还需逐篇进行网络检索，核查是否存在抄袭或已发表的情况——非原创或已公开发表的作品不符合要求。以往征文评选确有此情况，这次也不例外——一篇初定二等奖的作品，经查证属抄袭。

评选历时整整10天，三位评委才确认最终获奖名单（获奖者遍布全国）。5月25日，我将名单提交给李慧老师。

5月31日，征文评选结果正式公布，获奖名单引发关注。大家注意到，小说、散文一等奖得主为广州本地作者，而诗歌一等奖则由天津的安扬获得。此次全国征文温暖了广大残障文学爱好者群体。

此次评选秉持公正原则。如安扬的诗歌《版图》，以身体为"地理"的意象独特，艺术水准突出，在诗歌投稿中堪称佼佼者。这也印证了此次全国性征稿的积极意义。

颁奖仪式定在6月18日于广州图书馆举行，可那时我正巧不在广州。朋友们把颁奖现场的照片发给我，虽说人不在场，可我这心啊，正和全国各地热爱文学的残疾人兄弟姐妹一起跳呢。

征文工作圆满结束了，可我到现在还没见过李慧老师，这事儿还在我心里盼着呢。

二 迟到的教训·居住证

6月11日凌晨，天还没亮，我和阿丽就赶往白云机场，打算坐飞机去一趟北京。路上，天空泛起曙光，云彩像花瓣似的飘在空中。到了首都机场，千岛兄已经在出口等我了。每次去北京，不管是坐火车还是飞机，都是他来接我。进了恩师家门，88岁的何启治老师颤颤巍巍地上前和我拥抱。我的眼泪都快落下来了，这是我在世间最亲的长者。

此番来京，一是为我的新著《多尔衮》做宣传，二是采访何启治老师。为了写作何老师的传记，想请他讲讲个人身世。我还带来了网上淘的何老师当年的编辑工作信件，其中两封写于1984年，离现在已有40年。

从北京又顺路回沈阳半个月，行色匆匆，我心里不踏实，总想早点回到广州。因为岳父岳母在广州，我和阿丽回北方了，就要二姐夫妻大老远跑来跑去辛苦照顾。我的心态发生了很大转变：好像我来沈阳是做客，回广州才是回家。

7月有一件遗憾事，我在一场朗读大赛中任评委，结果迟到20分钟，让上百人等我，实在不应该。

7月22日上午，陈崇正科幻小说《悬浮术》《美人城手记》分享会在黄埔区图书馆举行。我喜欢这类活动，一直待到中午12点结束。下午1点30分，在高德置地广场有场来穗人员朗读者大赛。两场活动间隔一个半小时，手机查路程需一小时，我轻信估算，没考虑广州的路况。12点16分我才上地铁，出地铁口时已是下午1点20分，网约车在路口调头耽误了好久，每个路口都是红灯，地图上堵成红线。我要是腿脚利索，恨不得跳车跑去会场！

下午1点50分，我终于抵达会场。门口有穿红马甲的志愿者等着，会场里没人责备我。但我心里直滴血，暗自发誓以后绝不再犯。后来跟开网约车的二姐夫聊起，他说那地方常年堵车。但迟到就是错，借口再多也没用。

比赛时选手们都很出色，有人的经历让我眼眶发热，我赶紧收敛心神专注评选。回去时我不想走路去地铁站，就去对面坐公交，一上车就被冷气"爽"到。我跟司机说"到任何一个地铁站都行"，他说了个地名我没听懂。司机热心帮我规划路线，但我听不太明白。结果下了公交一看，去地铁站还要走。最后我换乘了517路公交车，晃晃悠悠三个多小时，直到暮色降临才到家——这一天让我深刻体会到：广州太大了！以后出门得打足提前量，甚至得留"远超预估"的时间，毕竟在广州，提前两小时出发都可能迟到！

广州这一课，上得实实在在。

＊　＊　＊

还有一桩我特别惦记的事：办居住证。

7月6日上午，二姐夫开车载着我和阿丽，又跑了趟办证窗口。我本以为这次能直接拿证，结果工作人员让提交申请。我强调"之前申请过",她刷了身份证却说没记录。后来才弄明白:元旦后大病初愈时来的那次是"登记",现在才是正式"申请"。我跟人家较真半天,结果闹明白是自己理解错了,我赶紧向人道歉。

二姐夫作为房主,与我和阿丽一样得填表。工作人员指出填表中的错误,先是让重写,后来干脆从桌下拿涂改笔帮我们改。就这样又等到月底,才拿到居住证。领证那天,阿丽正陪岳父岳母回梅州。她在老家待了半个月,我开启了"单身模式"——说真的,要是阿丽在,那次当评委或许就不会迟到了,我对她依赖惯了。

正是她不在的日子,我开始写《上广州》初稿。台风要来时,我催她赶在台风登陆前回广州,因为预报说台风可能直袭梅州。她仓促决定回来,我立马约了顺风车,中午11点出发,下午3点就到家了,比高铁省时又省钱。

7月15日下午,我在当当网直播讲了两小时,8000多人在线观看,创了我的新纪录。胡慧华老师帮我安排的这场讲座,当当网反馈很好,读者评论也热闹。这是我在广州第一次借大平台做直播,感觉真棒!

拿到居住证当天,我就写了作协转会申请。当初,周建新老师推荐我联系张培忠书记加入广东省作协,组联部的周智、李莉老师和我沟通,我说"拿到居住证就申请"。上午阿丽取回居住证,下午我就寄出了申请——现在是"广东人"赵凯申请加入广东省作协了。

本以为是广州市居住证,细看才发现是"广东省居住证",

头像是从身份证复制来的，有点模糊。

7月，我还开启了幸福甜蜜的荔枝时光。

阿丽知道我爱吃荔枝，从早市买回第一波早熟果，卖家说是增城荔枝。起初我没在意产地，想着都是荔枝嘛，后来才知道增城"挂绿"可是荔枝界的"状元"。

2017年我在北京鲁迅文学院学习时，何争和李燕东夫妻给我寄过一大箱高州荔枝，说粤西高州有棵千年荔枝树王，产的果曾是贡品。

荔枝是我最爱的南方水果之一。苏东坡说："日啖荔枝三百颗，不辞长作岭南人。"突然想起个事儿：苏东坡那诗前两句是啥？我绞尽脑汁想不起来，赶紧搜手机——"罗浮山下四时春，卢橘杨梅次第新"。这诗句我肯定读过，就像老照片的紫褐色底片，对着光才辨认出记忆的模样。感谢岭南，感恩荔枝，用甜润滋养我的生命，还让我补了回课。

可惜荔枝只甜在春夏之交，要是一年四季都能吃就好了。真希望果树专家能研究出保鲜法，或者像北方用盆栽暖棚种苹果、桃子那样，让荔枝在寒冬也能结果。

广药集团把荔枝深加工成"荔小吉"易拉罐饮品，让荔枝的滋味超越季节——这也算另一种形式的"四季荔枝"了吧。

三 "被艳遇"——报警

2023年夏秋之交，缅北电信诈骗的新闻闹得沸沸扬扬，那些恶行像恐怖主义一样击穿了人性底线。其实我也亲历过一回电信诈骗，还因此人生第一次因被侵犯而报警。

2023年10月5日中午,我才留意到6月5日收到的两条短信(当时可能未细看或忽略了)。第一条来自云南楚雄,彩信里附有一张黑白图片,看着像色情骚扰;第二条来自云南红河,说:"公之于众还是私下处理,自己斟酌……"第二天(10月6日)午饭后,我准备去新华学院做讲座,这才仔细查看图片——是一张不雅视频截图,画面中一个赤裸女人埋着脸,而男人的脸竟被恶意处理成我的照片的样子,并且是十年前一张神情慌张的照片。我吓得赶紧喊阿丽,她是完全信任我的。

虽然第一次遇到这事,但我在网上看过诈骗新闻,于是果断拨打110。出警速度超乎想象,两位警察开着警车在小区西门等我。他们看了短信内容,笑着说:"你不是第一个接到这图片的。"还叮嘱我别回复、别转钱,说这是电信诈骗。警察拍照取证后,让我去派出所做笔录。

后来,我在新闻里看到缅北诈骗猖獗,有些受害者轻信上当,好在国家重拳出击,警方联合行动端掉了多个诈骗园区。只是没想到打击诈骗还引发了当地战火,酿成国际热点。不过也让我明白:大国打击跨国犯罪、保护公民的决心,真是不容置疑。

四　人在广州,心牵沈阳

在广州时,我仍惦记着沈阳市作协的工作,比如评审本年度新会员,还为沈阳市文联出了点力。沈阳市作协主席团微信群里,秘书长庞艳发来《沈阳文联70年》书稿,其中关于作家协会的内容,是从延安鲁艺的革命艺术家说起,始于1948年辽沈战役胜利、沈阳解放后新文学的起步。恰巧我参与《党史纵横》

杂志编辑工作，知道一个重要信息——

关于沈阳革命文艺创作的起点，应该加上一笔。有这一笔和没这一笔差别可大了，而且能把高度提上去——《东方红》！这可是经典中的经典，传唱最广的作品。这首歌从陕北起源，跟着干部大军进东北的脚步，在沈阳形成定稿，《东方红》歌曲完整版是在沈阳首唱的，得加上《〈东方红〉，红在沈阳》这篇内容。

后来工作人员小程微信联系我："关于增加《东方红》的修改意见转给我们办公室了，但我们不知道具体怎么做。能不能麻烦您指导一下？"

太好了，我发给他以下要补充的内容：

1948年11月2日，沈阳解放，翻开历史的新篇章。首开沈阳当代文学先河的作品，是1948年12月20日发表在《工人报》（《沈阳日报》前身）创刊号副刊上的两首诗歌——《解放了》和《打下北平过新年》。

而沈阳革命文艺发展中一个极为重要的里程碑，则是1945年秋，随干部大军抵达沈阳的延安文艺工作者们，为向群众开展文艺宣传而进行的集体创作。公木（张松如）、刘炽、雷加、严文井、王大化等人，在晋陕民歌曲调填词的《移民歌》第一段（歌颂伟大领袖）基础上，集体续写了三段新歌词（由诗人公木执笔记录，作曲家刘炽对曲调稍作加工），最终改编成经典歌曲《东方红》：

> 毛主席，爱人民，他是我们的带路人。为了建设新中国，呼儿嗨哟，领导我们向前进。
>
> 共产党，像太阳，照到哪里哪里亮，哪里有了共产党，呼儿嗨哟，哪里人民得解放。
>
> 共产党，老百姓，民主联军子弟兵，军民合作心连心，呼儿嗨哟，保家卫国享太平。

当文工团首次登台演唱这首包含新歌词的歌曲时，报幕词明确将其命名为《东方红》——陕北民歌。至此，三段歌词完整版《东方红》在沈阳正式诞生、命名并首演。需要强调的是，此前无论在陕北还是其他解放区演唱"东方红，太阳升，中国出了个毛泽东……"时，多沿用《移民歌》名称或未正式命名。后来广为流传、更适用于全国的三段歌词版《东方红》，作为革命文艺的巅峰之作，其最终定型、命名与首演均在沈阳完成。

金人、塞克、安波、草明、马加、罗烽、白朗、严文井、刘白羽等作家陆续来到沈阳后，纷纷深入解放战争前线、土地改革和生产建设一线，创作了一大批贴近生活的优秀作品。

上面提到的草明（女，本名吴绚文，1913年出生），是广东佛山顺德人，堪称新中国工业题材小说的重要代表作家。我在"根深叶茂教育"公众号每周推荐一本红色经典，其中就有草明在解放战争时期，于长白山区镜泊湖水电站工作时写出的小说《原动力》，撰稿和播讲录音都由我独立完成。

如今，广东持续推动工业文学发展，通过设立"全国青年产业工人文学大奖"、举办中国工业文学作品"光耀杯"大赛、组织"顺德杯"中国工业题材短篇小说创作活动等举措，系统构建工业文学培育机制。这些实践，正是草明前辈工业文学精神在当代的生动传承。

我腿脚有疾，不擅长登高，全靠媳妇拉着，才走完拜谒书院的每一步。虽然步履蹒跚，但少走一步，都完不成瞻仰文化圣地的心愿。

王霞主任发来微信："国庆有时间来试讲吗？"我非常高兴，赶紧答应下来。她说："你先想个红色主题吧。"

我脑子一转，想到"沈阳好歌"的形式，说："我想准备一堂新课，叫《歌声中的新中国》，行吗？"

刚来广州时，我想着待几年就走，如今却越来越舍不得。心里萌生留恋后，往后还会轻易想离开吗？

俗语说"咸鱼翻身"，我的人生也如咸鱼翻身。

八月未央

8月的工作重心是写《上广州》。

这个书稿的起点，是看到黄埔作协微信群里转发的广州市委宣传部和市文联、作协的征稿启事——书写新广州人，我不就是嘛。

而且，和其他来广州打拼的人比，我的工作经历绝对算得上特殊，甚至是独一无二的。真实呈现出我融入广州的状态，也算是为岭南文化建设添上一笔。就像在会议的签名墙上，终于有了我的名字。

一　神庙、书院采风行

偶然在手机上看到关于玉岩书院的介绍，说这是广州现存最早的古书院，已有800多年历史。我对书院有种天生的亲近感，在沈阳十年，一直想去铁岭的银冈书院，却始终没成行，心里总感到遗憾。

7月最后一天，我跟阿丽说，等哪天二姐夫来，搭他的车去香雪公园，瞧瞧玉岩书院。

凑巧得很，8月第一天中午，黄埔作协微信群里，秘书长陈春姣发了条消息："黄埔作协与中国远洋海运作协定于8月5日上午9点在香雪站地铁口集合（统一乘坐大巴），联合开展采风活动（南海神庙、玉岩书院），参与的会员需创作相关文章，择优在'埔上行'公众号和《湾区时报》刊发。"

啊！去玉岩书院采风，我正想去呢，真是想啥来啥。南海神庙我去过两次，再去一次也无妨；玉岩书院，这是一个好机会。

我考虑到自己的身体情况，怕给大家添麻烦，先私下跟王国省说："主席兄弟好！这个采风活动，我适合参加不？"他立马回复："当然可以呀，欢迎兄台。"他还发来《行走玉岩书院》文章链接，说："我在《中国文化报》写过玉岩书院。"

点开文章，开头写道："玉岩书院位于广州东部萝岗萝峰山麓，苍翠的山林郁郁葱葱，将800多年的玉岩书院紧紧环抱。"王国省告诉我："来黄埔20年了，也算和这座800年的书院有个约会，借它抒情呢。"我说："那我也去约会一把。"

8月5日早晨，我和阿丽乘坐地铁来到集合地点，还见到了几位熟识的文友，大家都特别高兴。

每次到南海神庙，我都有新收获，这回更是对南海神祝融有了新认知。在我的印象里，祝融本是火神，在这里却成了南海水神。以前总以为祝融是火龙形象，没想到祝融也是人，是炎帝后裔，还娶妻生子了——神一下子变得亲切了。我想，为了和别人的采风文章不一样，就选神庙与书院的对比角度，写"神与人"吧。

之后，大巴车拉着我们到了玉岩书院。以前每次打车去地铁香雪站或黄埔区图书馆香雪馆（总馆），走北线都从这附近经过，我却不知道这里藏着一座文化殿堂。

来玉岩书院真是不虚此行。这里既是文化圣地，也是宗教道场。从建筑学角度看，书院的屋瓦檐角与山林风水融为一体，人文与自然你中有我、我中有你。

8月6日休息，7日晚上我就写出了采风作业《嫁给凡人的仙女最可爱》。我知道，要是写采风过程，肯定会和别人"撞车"。2018年应邀参加北大荒稻米采风宣传时，我就没写采风过程的流水账，而是写了《畅想明天的幸福生活》，把产品融入明天的生活日程。这次也想独辟蹊径，对比着谈神庙与书院的主人，有点随笔论文的意思。虽然少了对美景的描绘，行文显得质朴平实，却是我对"神与人"本质思考的坦诚呈现。这里将文章呈现如下：

神话传说很浪漫，说人类是神造出来的，其实呢，所有的神都是人造的。火神祝融，我一直以为他就是真正的神，从来没想过他原本也是人。

来广州，拜谒南海神庙。想当然地以为，这是四海龙王里南海龙王的庙宇。没想到，南海神是祝融，怪哉了。海神应该是管水的，祝融不是火神吗？势不两立的水火，在"扶胥之口"竟和谐共处了。

在南海神庙前的参天菠萝蜜树下，我刷手机搜索：原来，火神祝融不只是南海神，还兼有很多身份——赤帝、南方神、南岳神、夏神、灶神，还是五行神之一。《山海经》里说祝融是兽身人面，驾乘两条龙；《史记》里讲，楚人的祖先是祝融氏。

隋代立了南海神祠，用来祭海祈福；唐玄宗御赐南海神为"广利王",取"广利民生"之意。仰望头门两侧的门神,既不是秦琼和尉迟敬德,也不是佛教寺院的哼哈二将,而是千里眼和顺风耳。印象里,千里眼和顺风耳本在天庭,比如美猴王出世的时候,这二位就曾登场亮相。南海浩渺,还真得靠千里眼和顺风耳才能好好履职。以这二位当门卫,可见南海神不简单。果然,《南海神庙碑》里写:"海于天地间为物最巨。自三代圣王,莫不祀事。考于传记,而南海神次最贵,在北东西三神、河伯之上,号为祝融。"

一切皆是有缘,半年里,我三次来到南海神庙。第一次赶上南海神诞(波罗诞),人挤人,大部分时间都在看别人的后脑勺,转一圈出去,算是来过了。第二次是黄埔区文联组织歌曲创作采风,我走过了明清码头,登上了浴日亭。如今第三次,跟着黄埔作协和海运作协联合采风,我进了头门、仪门,过了礼亭,在大殿拜了南海神,到后殿瞻仰了明顺夫人。

南海神庙所在的扶胥港,是珠江出海口,也是海上丝绸之路的起点。船工商贾出海,异国客旅来访,都要到神庙祭拜,祈求一帆风顺,感恩福佑平安。南海神既保佑中国人,也护佑外国人,这体现了中华民族的博大胸怀与大爱品德。

韩愈撰文黄木之湾,苏东坡赋诗浴日亭上。到了当代,我们接过神笔,续写祝融的故事。

祝融不是姓名,是职称——火正官。"祝"是永远,

"融"是光明。燧人氏发明钻木取火，祝融则负责管理火种。生命起源于水，文明起源于火。学会用火，是远古人类迈向文明社会的重要标志。祝融也是炎帝后裔，本是人，后来逐渐被尊奉为火神。

浩瀚的南海，蓬勃的渔业、商贸、远航活动，成就了南海神庙的崇高地位。火神祝融执掌天下最大的南海水域。相传祝融曾战胜水神共工，或曾辅助大禹治水，因此其神职得以统辖水火。百姓民生，水火缺一不可。在祝融神职中，水与火实现了辩证统一。从片面的火神，到看似对立的水域之主，探寻这些人文故事，心里觉得丰盈，也算是一种成长。

在南海神庙，我心中的祝融从神祇回归成了人——他娶了养蚕姑娘，生了五个儿子。这让我倍感亲切，感觉他的塑像就像一位慈祥的老者。神祇只有人性化才可亲。如果七仙女不嫁董永，织女不给牛郎生儿育女，谁会觉得她们可爱呢？至于其他六位仙女，谁会记得她们呀？

……

玉岩书院的前身为"种德庵"，由本地钟姓始祖创建。少年钟玉岩在这里苦读，五十岁考中进士，在官场沉浮十年后告老还乡，扩建了家族祠堂，兼作书院，培育学子。据说钟公荣归岭南时，路过龙川带回树苗栽植于此，给后世留下一片香雪胜景。

元代时这里叫玉岩书院，明代又改叫"萝峰寺"。

因为明朝禁毁书院，钟氏族人为保护祠堂，才委曲求全改了名，这是生存的智慧。如今，书院作为旅游景点开放，主要发挥着文化传承的功能。

我腿脚有疾，不擅长登高，全靠媳妇拉着，才走完参访书院的每一步。虽然步履蹒跚，但少走一步，都完不成瞻仰文化圣地的心愿。

一道月亮门，恰分两重天，门里是书声与俗世，门外迎面就是山泉水帘，宛如仙境，让人陶醉得像苏东坡所言："飘飘乎如遗世独立，羽化而登仙。"

拜神，当拜祝融那样为民造福的神；敬人，当敬钟玉岩这样流芳后世的人。

玉岩堂内，钟公端坐。在我和所有参观者心中，这位前贤老人早已是一尊文化之神。玉岩书院正门处楹联写的是"琴书世泽，俎桓名山"，"俎桓"二字难住我了，上网一查才知道是古代祭祀、宴飨时盛食物用的两种礼器，引申为崇奉之意。全联意思是：书香世家，崇奉名山。想起一位西洋画家画的广州老城隍庙图，门联是"是是非非地，明明白白天"，倘若让我为神庙和书院撰一联，大概会是"人想成神，神想做人"。就像白娘子嫁给许仙，愿望是生生世世相依相爱。火神祝融原本飘渺在上界虚空，忽然变成与我们血脉相连的凡胎祖先，情缘有序传承，嘿，挺好啊。

来神庙和书院，我寻找到了自我的未来：我是一个人，也可以是一尊神！谁是我？我就是你自己真正想要成为的样子。我们每个人辛苦、努力、打拼，这一生都是为了完成"我"。我在哪？我在南海神庙前枝繁叶茂的菠萝蜜树下，在玉岩书院泉流淙淙的月亮门中。祝融对人类有贡献，钟玉岩对他人有鼓舞，在我这朝拜者眼中，他们让我看到了追求的梦想：只要对社会文明发展有促进，每个人都可能成为"神"。

玉岩书院倚山而建，南海神庙面海而望。古代明清码头外面，虽叫狮子洋，其实就是珠江入海口的一部分。但南海神这位大人物的心中，装着整个天地。

我这么快写出采风作业，是为了支持国省兄弟，支持黄埔作协，没想到还真起到了带动作用。后来，海运作协有位文友还用诗歌形式诠释了"神与人"的思考。

走进神庙，走出书院，我对广州的认识又深了一重。

二　黄埔区图书馆的机遇

8月21日下午，黄埔区图书馆香雪馆（总馆）举行著名作家蔡崇达黄埔工作室签约仪式。去会场的路上，我收到微信消息，《芒种》杂志目录公布，我的短篇小说《原始鸟》在列。可我高兴不起来，反倒心情沉重——就像当年我的散文第一次发表在《海燕》杂志时，明明是小成功，快乐里却藏着更多压抑。

到了香雪馆，孔玉华馆长和负责讲座的王霞主任一起来见我。我介绍了自己擅长的讲座方向，孔馆长笑着说："太好了，黄埔读者有福气了。"这话我可不敢当，只是真心愿意参与全民阅读工作。后来孔馆长和王国省主席聊起我讲座的事,国省兄弟大力帮我推动。

31日,我到黄埔教育基金会参加聘我为驻会作家的签约仪式。基金会的聘任证书做得特别精美,仪式简短又正规。王国省主席同时担任基金会的理事长,他告诉我,他们正推动"黄埔最美教师"主题专栏,要推选全区各级各类在教书育人方面有感人故事、贡献突出、声望高、群众满意的优秀教师。

王国省主席发言说道:"目前黄埔区六位最美教师的事迹已在基金会公众号和《湾区时报》发布。这次特聘赵凯老师加入签约作家团队,就是想借赵老师的笔,挖掘更多教师的动人故事,宣传他们担当作为、潜心育人的精神,让全社会更尊师重教。"

马上要到教师节了,我父亲和哥哥都曾是教师,这任务我乐意接,也相信自己能做好。

孔馆长和王霞主任说到做到。8月21日聊完,24日午后王霞主任就发来微信:"国庆有时间来试讲吗?"我非常高兴,赶紧答应下来。她说:"你先想个红色主题吧。"我脑子一转,想到"沈阳好歌"的形式,说:"我想准备一堂新课,叫《歌声中的新中国》,行吗?"她发来笑脸:"您要唱吗?"我回答:"不是唱,是讲,借几首红色歌曲的诞生,讲新中国的创建历程。"她问针对什么人群,我说所有读者都行,最好在开放空间讲。她忙说:"那不行,会收到投诉的。"最后她提议:"能不能偏向青少年?我们可以放在亲子阅读区。""没问题,给孩子和家长讲歌声背后的故事,更好。"

我琢磨着以红色儿歌为主。广州产生的第一首红色歌曲《国民革命歌》，用的是法国儿歌《雅克兄弟》曲调，歌词是："打倒列强，打倒列强，除军阀，除军阀；努力国民革命，努力国民革命，齐奋斗，齐奋斗。"而当代人更熟悉的是同曲调的儿歌《两只老虎》："两只老虎，两只老虎，真奇怪，真奇怪；一个没有耳朵，一个没有尾巴，真奇怪，真奇怪。"这法国儿歌原本唱的啥？网上没搜到，我想起法语文学翻译专家、北大董强教授——他在鲁院给我们讲过课，是法国文艺通。我向董强教授请教，很快就收到他的回复："这里的'兄弟'指宗教修士，全文大意是：'雅克兄弟，雅克兄弟，您在睡觉吗？您在睡觉吗？快去敲做日课的钟，快去敲做日课的钟，叮叮当！叮叮当！'相当于嘲笑修士懒惰。澳门有一首粤语童谣《打开蚊帐》，也用了这个曲调。"我知道，后来这曲调在江西苏区还被填词成为《土地革命歌》，真是红色经典。我又想到电影《红孩子》里的《共产儿童团歌》，以及《我们是共产主义接班人》等。

28日，王霞主任让我提供国庆讲座内容，正巧我当时刚做完课件，便立刻发过去，还补充道："既然是亲子场，我基本倾向儿歌。不过10月1日讲座，能不能加一首《歌唱祖国》？"她说用这首歌来结尾非常好。我当时想，现场可以邀请会唱的家长和孩子，把这几首歌齐唱一下，大家在合唱中结束。

讲座内容最后确定为："以重温革命歌曲（主要是儿歌）的形式，再次唱响熟悉的旋律，讲述歌曲背后的故事。"

三 创作《联和网格员之歌》

8月15日,黄埔音乐家协会的段亨明主席找我,让我参与创作联和街道的《联和网格员之歌》。我事先上网查阅了"网格员"的定义:他们是负责化解社会矛盾、服务社区居民的工作人员,更准确的称谓是"社区网格员"。一个网格内通常配备管理员、助理员、督导员、警员、党支部书记,以及司法和消防等力量,共同负责社会服务和管理工作,包括巡查、核实、上报涉及公用设施、市容环境、社会管理秩序等方面的问题。

收到资料,我发现联和街道的网格员列队训练时,举的旗帜上写着"网格铁军"四个大字。原来这支队伍的领导是退役军人,想把网格员队伍打造成像军队一样的作风。商量的时候还说,歌词可以用进行曲的调子。我参照词曲作家张建坤的初稿,连夜写出歌词——我的想法很简单,既让联和街道的网格员能唱,也让其他街道的网格员都能唱。我拟的歌词如下:

> 网格铁军就在你身旁,
> 网格铁军天天为你站岗。
> 我们是优秀的网格员,
> 我们是你可以信赖的力量。
>
> 叫一声街坊,咱们唠唠家常,
> 喊一声邻居,请把心里话对我讲。
> 也许你不知道,我在默默地为你守望,

> 在你前行的路上，我把一盏盏路灯点亮。
>
> 如果你有困难，不要把我遗忘，
> 当你拥有快乐，我们一起分享。
> 我们手拉手联合成最坚固的屏障，
> 我们手拉手为生活构筑平安吉祥。
> 你的幸福就是网格铁军的梦想追求，
> 你的笑容就是网格铁军的无上荣光。

中间那段歌词，其实是我精简了张建坤老师的原稿。半夜写完，天亮又反复修改，这才发给段亨明主席。我是按照军歌进行曲的风格创作的，想着网格员唱起这歌，肯定觉得浑身特别有力量。写词的时候，我甚至哼出了曲调，并在手机上录音——虽然唱得不好听，但我毕竟不是专业歌手，也不懂作曲。听说郑智化也不会作曲，写完词就对着录音机哼唱，再由懂记谱的人整理成曲谱。可惜，主办方觉得我的进行曲风格过于刚硬了。

后来，以另一位张老师——张建新先生的歌词为主，融入我的"网格铁军"构思，最终完成了《联和网格员之歌》。定稿的开头两句是：

> 天鹿湖的草木知道我，
> 牛头山的清风见证我。

对照电子地图才发现，联和街道办事处所在地就在牛头山下,紧挨着天鹿湖森林公园。

我生活的周边有好几个公园,这也说明周围山峦起伏、景色秀丽。仔细一想,我前后左右都有山,三座山岭呈三角状围拢过来,唯独西南方向有个大豁口,通向永和片区。

深入了解才知道,永和藏着不少外资企业,是实打实的商贸宝地。可激动过后我又琢磨,永和不过是广州的一角,那广州最好的地方到底在哪?思来想去,最准确的答案是:广州处处是宝地。这座城市像个聚宝盆,不仅汇聚财富,更吸引着各路人才,实实在在地造福一方。

刚来广州时,我想着待几年就走,如今却越来越舍不得。心里萌生留恋后,往后还会轻易想离开吗?

四 "浪花蜜"

8月还得知一个好消息:广州市图书馆2023年度"来穗人员朗读者大赛"决赛结果揭晓,少儿组和成年组的冠军都出自天河赛区——我曾担任这个赛区的评委。天河赛区实力强劲,对这两位冠军选手的表现,我记忆犹新:小姑娘罗婧源虽是第一个上场,但一点都不怯场,台风自然、语调流畅,给后面的选手开了好头;广药集团旗下王老吉公司的兰岚全程面带微笑,讲述自己在广州扎根、工作、成家,以及推广惠农产品"荔小吉"的故事。看到她们获奖,我特别欣慰——预赛时,我就被她们的表现打动,给了高分,也算为她们夺冠出了份力。

说到"来穗人员朗读者大赛"与我的关联,那茅盾文学奖和我有关系吗?还真有,因为我是读者。8月,第十一届茅盾文学奖揭晓，入围的十部作品里，广东占了两部——《烟霞里》和《燕食记》，但辽宁却没有作品入围。这些年，辽沈的师友们总说，长篇小说是我们的短板，茅盾文学奖至今与我们无缘。每次文学大奖公布，都会引发一阵热议。

这段时间，我正研究长篇小说创作，想为自己的下一部作品找灵感，也琢磨出了一个特点：现在的长篇小说越来越讲究艺术性，毕竟读者的审美提高了，作家也更注重文字美感。但我发现，不少有影响力的优秀长篇，开头都带有中短篇小说的叙事特征。国内很多知名作家都是从中短篇小说起步，在文坛站稳脚跟后才开始写长篇，因此其长篇处女作难免延续短篇的创作惯性。我认真翻阅了几部知名长篇，发现部分作品在语言上过于雕琢，有时读起来得反复琢磨才能懂。对普通读者来说，这样的阅读体验不算友好，这或许就是纯文学艺术性高却逐渐脱离大众的原因。中短篇小说有文学杂志托底，长篇小说要靠读者买单，可读者并不都是文学爱好者。《白鹿原》为什么火？因为陈忠实的文字朴实有力，有人评价他"笔拙"，不会玩技巧。如今有些作家花大量心思雕琢文字，却忽略了人物塑造，可人物才是长篇的灵魂。艺术与大众的隔阂，或许是时代性的命题。

庄汉山主席建议我写扶胥古运河的长篇小说，我打算把开头写得更贴近读者——毕竟开头抓不住眼球，就很难读下去。之前我做过几场《从人物和故事透视长篇小说的艺术高度》的讲座，这回正好在岭南实践一下。

茅盾文学奖是国内文坛大事，而日本福岛往大海排放核污水，则是关乎全世界的大新闻。阿丽散步时，发现超市里很多人在抢购食盐,她也跟着买了12包。

说到盐,我想起2020年秋天读到一本好书《大盐滩》,为了帮作者黄瑞宣传,还专门写了书评《浪花蜜》,发表在《安庆晚报》上。书评内容节选如下:

> 都知道神农尝百草,可盐宗祖师爷是谁?是传说中的夙沙氏,相传他首创了煮海为盐之法。炎黄二帝大战蚩尤,据史籍推测与争夺河东古盐池资源有关。我们天天吃盐,却很少了解它。我以前以为,海边靠滩晒法制盐,盐井需煎煮卤水得盐,湖盐则需采掘结晶,加工后方能食用。中国海岸线漫长,海盐总产量可观,可市场上却以井矿盐和湖盐为主,据行业数据显示,海盐占比不足两成。
>
> 就像丝绸之路、茶马古道,西南还有条承载千年盐运历史的盐马古道,那是多少人用血汗踩出来的路。盐不仅能调味,还参与人体代谢,维持生命平衡。蜜蜂采百花酿蜜,一晶一晶的甜;盐,就是盐工从大海浪花里结晶出的"蜜"。

"浪花蜜"这个比喻,是我在文章里首创的表述。以前,古人用盐腌渍食物以保存。俗语说"咸鱼翻身",我的人生也如咸鱼翻身。来广州后,我发现南海渔家的红鱼干是特产。之前我给亲友送礼,选择长白山人参、梅州蜂蜜,以后可以送红鱼干作为手信了。

五　走进广州文学艺术创作研究院

8月里，我收到快递，恩师何启治把一批重要资料都托付给我——他发表作品的报刊、著作，还有手稿、信件等。这些资料何老师珍藏了几十年，几次搬家都没丢掉，可见十分宝贵。能成为老师晚年托付这些心血的人，我真是三生有幸！

8月最后一天，我跟随黄埔作协，在黄埔区文联的带领下，走进广州文学艺术创作研究院参与交流。我以残疾之身，积极参加文学活动——如今，我是新广州人，是黄埔区的一分子。

在交流会上，区文联副主席张骞提到，"到黄埔去！"这句口号，常被认为最早蕴含黄埔精神。我这才明白——创作《扶胥恋歌》时，听李海鹰写的《到黄埔去》，原来背后藏着这样的渊源！广州文学艺术创作研究院位于番禺大学城，被珠江环抱，往东过桥就是长洲岛，大名鼎鼎的黄埔军校旧址就坐落在岛上。2015年元旦，何争哥和李燕东夫妻曾带我去过旧址，现在我对军校教室和宿舍依稀还有印象。如今住在黄埔区，那股对革命历史的敬意，总是时不时涌上心头，盼着有合适的机会故地重游。

江水沙洲，草木葱茏，大学城如同仙境，研究院似水帘洞。一个个挂着名牌的工作室，透着股艺术的尊贵气。在这里，我见到了广州市作协主席庞贝，还聊起了他的作品《乌江引》。

张骞副主席点名让我发言。我想了想，提了个建议：研究院编辑发行四种期刊，能不能多支持黄埔作协会员，提供发表指导？基层作者需要平台，杂志也需要作者，这不是双赢吗？双方领导都点头认可，院长练行村尤其重视，说《小艺术家》杂志面向全国发行，一定安排编辑来黄埔作协对接。其实提建议时，我心里就想着孙艳、姚柔这些熟悉的黄埔作者——既然来了，就得为身边的人实实在在做点事。

人们常说"君子不和命争""命里有时终须有,命里无时莫强求",可我偏要"强求",这正是我痛苦的根源——追求理想而不得的痛,比疾病带来的痛苦还重。

我也会不切实际地想:倘若身体好好的,凭我的追求和这点智慧,说不定能做得和别人一样好,甚至可能更好。可人世间哪有"倘若",只有"现实如此"。

文学圈的师友往来,是真正的君子之交。我们都是文学同道,互相慰藉着往前闯。文学这东西,让人欢喜也让人愁,可就因为这份爱,我们偏选了这条小路。

《阅读越明白》

一　呼应文化使命

黄埔区图书馆的孔玉华馆长和王霞主任都邀请我参加图书馆组织的征文大赛和讲书人活动。

8月30日晚上，孔馆长发来"黄埔讲书人"活动链接。第二天晚上，王霞主任又发来两个通知链接，分别是"学思想，阅未来"主题征文活动和"黄埔讲书人"大赛。王主任说，这两个活动都很适合我。确实如此，我非常乐意参与。

说干就干，雷厉风行。9月1日，我写了近两千字的文章《阅读越明白》，第二天就投稿给征文主办方。以下是文章节选：

> 作为一个读书人，只读些娱乐性的书是不够的，那样会显得缺乏深度。一个优秀的读者应该涉猎广泛，才能让自己的精神世界更丰盈。
>
> 我曾经向人推荐阅读《共产党宣言》。我的理由是：我们今天生活的中国，既延续着五千年的中华文明，又深深受到《共产党宣言》的影响。如果不读这本与我们所处的时代息息相关的书，恐怕算不上合格的读书人。
>
> 我们是世界上唯一没有中断过的文明的传承人，有责任把祖先传给我们的文明发扬光大、传播久远。我们

这些平民百姓,做好自己,就是在面向未来,每个人都做好了,中国就好了。中国是无与伦比的古国、大国,是国际格局的定海神针;中国好了,世界才能太平。

读书应该让人活得更清醒,对自身内外的世界、个体与社会的关系、国家与世界的大局、物质与精神的辩证关系,都能正确面对。能做到这样,才是一个优秀的读书人,才能看清明天将会怎样,对未来必然不会迷茫。

我还准备了一份"黄埔讲书人"初赛讲稿,下面是讲稿内容:

我们生活在高楼大厦之中,常常忽略小时候还住在泥墙草房里的日子。

有一本崛起于黑暗中的光明之书,不应该被忘记。

很多人都知道这本书的名字,却没打算去阅读。

人们常常遇到这本书,却以为跟自己无关。

这本书就是《共产党宣言》。

在这本书的指引下,我们中华民族才走上了今天的道路。

即使你看过这本书,也应该重温。如果你没有看过,更应该捧起来读一读,了解自己身处其中的社会是怎么发展的,做一个清醒的明白人!

9月12日上午,我用手机录制了讲书视频,发给沈阳的刘永伟,请他帮忙调整格式和时长,让视频符合应征要求。之后,我按照"黄埔讲书人"微信群工作人员的指导,把视频成功上传,完成了报名。

无论结果如何，我都认真去做了，重在参与。每一项文化工作，都需要有人呼应。作为读书人，我配合了图书馆的活动，尽到了责任。我在辽沈老家时经常积极组织文化活动，那时多希望有人呼应。将心比心，到了广州，我要力争做文化活动的参与者。

二 小说《原始鸟》

9月第一天傍晚，我收到《芒种》杂志样刊，感到有些沮丧：这期杂志的首篇是一位深圳女作家的中篇小说，第二篇是著名作家了一容的中篇小说，我的《原始鸟》排在第三篇，可封面推荐的篇目里并没有《原始鸟》。这篇我呕心沥血打磨了四年、塑造了全新人物形象的小说，似乎没得到所期待的认可。

之前，我花七年时间写的短篇小说《白马新娘》，虽然《鸭绿江》杂志发在了首篇，却没有任何刊物转载——那一年《鸭绿江》另外十一期的首篇小说都被转载了，唯独《白马新娘》成了例外。

我写小说，从不关注日常生活里鸡毛蒜皮的小题材，总想着"以小篇幅写大文章"。当年躺在乡村的病床上，我就给自己定下这个目标，可实践起来却屡屡碰壁，其中的心痛没人能懂。《原始鸟》里，我把长篇的内容浓缩进短篇，用一万多字写了一个乡村家庭在改革年代的生死悲欢：一位独生女逃离农村到城市打拼，爱情婚姻屡屡受挫，父母亲接连离世后，她害怕孤独，决心生个孩子为伴。思来想去，我打算把这部短篇扩展成长篇——这是唯一能改变这篇小说命运的办法。世界上不少短篇小说扩展成长篇后大获成功，比如中国的《红旗谱》、外国的《洛丽塔》，或许我也能试试。

文学创作的现实标准很直白：写出稿子能发表，就算不错；发表了没被转载，说明还不够好。我对文学的理解和实践，总在"及格线边缘"摇摆，如同在 61 分和 59 分之间徘徊。有句话说："苦干不行，蛮干更不行，全凭撞大运。"作者要想扬名，首先作品得有功底，其次得占天时地利人和。有才能的人太多，真正能出头的却很少。

人们常说"君子不和命争""命里有时终须有，命里无时莫强求"，可我偏要"强求"，这正是我痛苦的根源——追求理想而不得的痛，比疾病带来的痛苦还重。当然，我也会不切实际地想：倘若身体好好的，凭我的追求和这点智慧，说不定能做得和别人一样好，甚至可能更好。可人世间哪有"倘若"，只有"现实如此"。

我一直把"好高骛远"当成正能量，要是没有对诗与远方的执念，就不会有今天的我。《蓝眼睛的中国人》《白马新娘》《原始鸟》这三部小说，一次次让我心痛欲裂，可我依然盲目自信，依然想和命运抗争。作品没让人喜欢，责任在我自己。走着瞧，我真愿意做那个为文学奋不顾身的殉道者。

直到今天，我都没在微信朋友圈晒过《原始鸟》的发表消息——实在没什么可吹嘘的。两本样刊，我留了一本在手边，另一本捎去梅州收藏起来，就像收藏一幅羞于见人的书法习作。

三 "钻石般的心灵"征文评选

9 月 2 日，我开始参与上海市青浦区残疾人读书会"钻石般的心灵"征文评选工作。这又是一次面向全国残疾人文学群体的征文活动。上海毕竟是大都市，残疾人文化活动总能拉到赞助。

记得5月23日，我正参加扶胥古运河采风活动时，接到来自上海的陈勤的电话，说要办新的征文，我当即表示支持。起初我还以为是钻石珠宝企业赞助，要为钻石唱赞歌，后来才知道，是歌颂"钻石般的心灵"。征文启事还是由我来写，这事我义不容辞。

7月2日，我在上海青浦图书馆做《多尔衮》新书分享时，看到书架上有本文化名家的情书集，就跟陈勤提议，将本次征文定为以情书题材为主。大家一致表示赞同。4日，征文启事便发布了：

> 情书本就是人类社会的宝贵文学财富，从古至今，不少经典都是情书，比如林觉民的《与妻书》，鲁迅、沈从文等作家写给爱侣的"两地书"；再拓展些看，苏轼悼念亡妻的《江城子·乙卯正月二十日夜记梦》可视为情书，郭沫若的《炉中煤》也可看作写给祖国的"情书"。这次征文就提倡以情书为主，兼顾常规的散文和诗歌，每位作者限投一篇。

青浦区作协主席林宕和我一起评审来稿，有些作品真让人眼前一亮。9月5日晚上，我们一起对入围作品进行综合考量，10日筛选出一、二、三等奖和优秀奖。获奖作者来自全国十几个省市。陈勤还想将获奖作品整理出版，让我帮忙校对并写篇序言。14日凌晨，我写好序言《将心比心，心心相印》。现摘录如下：

> 我们总习惯性觉得，钻石有时就该被切割成心形。

细想起来，造物主真有意思——为何高等动物心脏的天然轮廓，竟与一颗精心雕琢的钻石如此相似？当然，是先有这搏动的心脏，之后才有工匠打造的钻石。

人类最早发现了钻石的闪光之美。在最初生产和加工钻石时，人们是如何认识并以心形为美，最终形成这种统一认知的呢？历史的发展、文明的进程，真是有着无比令人着迷的魅力，甚至像一种令人上瘾的魔力。

主办方特别希望大家以情书形式参赛，可情书写给谁，成了让作者犯难的事。若是婚姻家庭美满，把情书写给伴侣之外的人，难免惹麻烦。原来，钻石般的心灵能闪耀大爱的光芒，可在爱情里，却得守着"排他"的原则——爱情越专一、越本真、越宝贵，就像那句"一生只够爱一个人"，这份爱的核心对象，终究是"我"所爱之人。

所以我们看到，一等奖作品把情书写给了妻子，这是最稳妥的"情"，最可靠的"书"。二等奖作品中，一篇写的是对他人的大爱，彰显社会中的美好心灵；另一篇写的是无果的初恋。若问人生最难忘的事是什么，初恋大概是很多人的答案。有些美好事物，本身就蕴藏着希望，未曾得到的才最令人牵挂、最令人渴盼，如同最好的钻石，要么太珍贵，要么难以触及。就像当年的情书，总被深深压在箱底。这些美好的心灵，如星星落入凡间。

四　擎笔为旗的胜利者

9月3日，中国人民抗日战争暨世界反法西斯战争胜利纪念日。早晨在手机上看到日本投降签字的纪录片，心里很震撼，一股民族自豪感油然而生。当年国家积贫积弱，中国军民却成了世界反法西斯东方战场的主力，最早抗击日本军国主义，付出巨大牺牲才换来了最后的胜利。记得有一次，我特意从乡村去沈阳参观"九·一八"历史博物馆，之后写了散文《养父母碑》，讲的是被中国人收养的日本战争遗孤们捐建的雕塑———对农民养父母牵着孩子的手。这天，我把原本发表在《沈阳日报》的这篇旧文发到微信朋友圈，想让更多人知道中华民族的博大胸怀。

也是这一天，我帮沈阳一位残疾人作者修改稿件。这位作者有创作热情，却没有踏实的学习态度，我耐心帮他改，只因为他有这份积极参与的心。

9月5日，我帮一位文友修改散文稿，像校对自己的稿子一样认真。就像何启治老师当编辑时扶植作家那样，我把自己仅有的一点心得，都分享给了这些兄弟姐妹们。

我在整理何启治老师的资料时，发现了陈忠实先生寄给他的便签信，还有他点评陈忠实散文集《在河之洲》的书稿，其中目录是陈忠实的手迹，特别珍贵。我还看到1993年人民文学出版社创办《中华文学选刊》时，何老师作为主编写的"创刊词"。

连着几天整理资料，看到何老师当年被《西藏文学》退稿的信，忍不住苦笑——原来文学界的编辑大家，当年也被退过稿。看着恩师一年年的手稿，大多是散文和评论文革，心里有点遗憾：20世纪80年代初那个文学黄金时代，他为什么不写小说呢？文学体裁里，小说总归更受关注。何启治老师的文学成就主要在编辑长篇小说上，但他自己不写小说，只写散文，在读者中的影响力有限。在北京时我特意问过何老师，他淡然一笑："我想象力不够丰富。"

其实何老师文笔很强，不到 30 岁就在《北京日报》发表了长篇散文《古战场上画新图》，还收录在《我们的青春》一书中。后来在《收获》发表小说《"亨司表"的秘密》，节选自他十万字的中篇《天亮之前》。他动手能力也不差，有照片为证——在湖北咸宁五七干校时，农场杀猪，他穿着雨靴站在台案上，不是挥刀的屠夫，而是帮忙摁住肥猪的帮手。

杀猪，何老师是"帮手"；做编辑，他却是行家里手！推出一部部重要作品，也让编辑何启治的名声越来越响。

我用心修改着一篇篇不算合格的来稿，收到作者们一声声感谢。虽然我和这些作者身处社会基层，但我们都是文学路上的行军者——伤兵依然是战士，不是开小差的逃兵。"仁美文艺"公众号就像伤兵坚守的阵地，一首首诗、一篇篇散文小说，都是生命的捷报。

我们擎笔为旗，屹立在火线上，就是胜利者。胜利纪念日这天，从自己的人生和工作里，我重新懂得了胜利的意义：我在——我还在，这就是"胜利"！

五　雨中情

那些日子，广州天天下雨。

在这儿待久了，我越来越能理解阿丽对太阳和阳光的热爱——只要看到一丝阳光穿透云层，她就像潜伏已久的花豹扑向猎物，又像抱着救急物资的勇士，抱着衣物被褥就往阳台上冲。从远处看高楼阳台，挂满的衣物像彩旗招摇，仿佛天天都在过节。

往往阿丽刚把衣物被褥挂好，转身回屋的瞬间，身后就响起炸雷，紧接着雨点"啪嗒"砸在她的后脚跟上。这雷雨来得比谁都快，说曹操曹操到。阿丽立马转身冲回阳台，像冒着密集炮火抢救伤员一样，把衣物被褥抢回来。有时候雨下得悄无声息，等发现时早已措手不及。但阿丽从不抱怨，也不气馁，和雷神雨师抢阳光的持久战，她乐此不疲。

如果有来生，阿丽该转世成向日葵；我呢，就做个种向日葵的人。

9月4日上午，难得放晴，我和阿丽如约去了黄埔分局香雪办证大厅——吕江让我们办港澳通行证，10月他会再来参加广交会，要是没意外，我们打算一起去港澳特区走走。我特别期待。

这次又让我见识了广州速度：走进陌生的大楼，人虽多，但问过咨询台，摸清流程后，很快就办好了。我站在一旁等阿丽，一位像领导模样的警察看到我拄着拐杖，马上笑着过来问需要办什么。我知道，要是还没办理，他肯定会安排我优先，于是连忙说办好了。只需来这一次，在家等着通行证寄上门就行，又方便又稳妥。

9月7日，我去广州地铁6号线植物园站，办"羊城通"残疾人乘车优惠卡。有了广东居住证，办这些就有了凭证。

中午，我赶到新华学院，金智正冒雨在车站等我——是山东济南的房泽岸来了。房泽岸是我2019年鲁迅文学院残疾人作家班的同学，他是老山前线负伤的英雄。2021年8月15日，他邀请我去他创办的红色纪念馆举办讲座，讲座内容还得到了济南毛泽东思想研究会同志们的认可。

前一天,老兵房泽岸联系金智见面,金智说要和我一起聚聚,老兵这才知道我在广州,我也才知道他要来,赶紧给在火车上的他打了电话。

我特别尊敬这位老兵英雄。在济南时,参观他和几位战友创建的红色纪念馆,我才知道他为此卖了一处楼房。当时我就决定尽点力,现场捐了一千元——这是我能做到的,不想只当旁观者。

见到老兵,我们热情拥抱。原来他是来广州看儿子的,并特意抽时间来和我们相聚。金智和房泽岸是第一次见面,但同为当过兵的人,凭着战友情,一点不生疏。

* * *

乐佳餐饮公司的夏晓英总经理早就约好我们去公司参观。顺着摇田河大街往前走,乐佳餐饮公司就在对面的永顺大道上。公司有200多名员工,总经理和两位副总经理都是女性,中层领导也多是女性,男性员工多在一线岗位。我打趣道:"你们这真是支美丽的队伍。"

公司已经完成原始积累,想进一步发展壮大,需要树立企业文化形象,创办职工读书园地。我想到一句话:"餐饮企业——唯有书香最入味。"

夏总是"广州好人",多年来一直捐资助学,关爱贫困儿童。我建议说:"关心社会上的贫困学生是企业责任,是对社会的回报。但为了增强员工凝聚力,也该多关心员工的家庭和孩子。"夏总说有的员工孩子在老家,我接着说:"那就每年选十位外地员工的孩子,请他们来广州看看父母,让家属也能享受到公司的福利,让员工在家人面前有尊严、有荣誉感,更亲近企业。"

我还提议打造企业精神，弘扬乐佳"三美"：一是美食，二是美德，三是美好。"我们奉献美食，我们树立美德，我们追求美好幸福！"乐佳的三位美女负责人很认可，当场记了下来。

返程时，大雨下得更猛了，像是要把地面上的一切都击穿。这天受南海台风"海葵"影响，广州狂风暴雨，不少地方被淹，还组织了群众转移，学校也停课了。我住的地方还好，虽雨大却没积水，雨珠像《西游记》里的人参果，一落地就钻进地下，没了踪影。

我也算体验了南方阴雨连绵的日子，高温被雨水压下去，倒觉得清爽些了。

六　以文会友

我和黄埔作协的同道们常有往来，交流得很投机。

作家孙艳接连写了几首诗发给我看，我觉得写得有些满，带点散文化。做编辑习惯了，忍不住动手帮她删了几句，文字顿时显得紧凑，也有了留白的空间。我们在微信上聊诗歌艺术，我说："写诗前得广泛阅读鉴赏，慢慢形成自己的美学标准。我当年学诗时就觉得，真正的好诗得能让读者记住、背下来，短诗最容易做到这点——你看古代的绝句，就四句，却能传得广。能被大众念叨开的，肯定是好诗。"

写短诗，关键在精简。比如卞之琳的《断章》：

你站在桥上看风景，
看风景的人在楼上看你。
明月装饰了你的窗子，

你装饰了别人的梦。

诗人说，他原本写了首长诗，就这四句最出彩，于是大刀阔斧删掉其余部分，只留这一段，结果成了文学史名篇。要是当初发表的是那首长诗，未必能成经典，他也未必能被记住。

为啥会这样？就像衣服上绣了朵花，衣服还是衣服，是日用品；可把这朵花剪下来，装裱成画挂墙上，就成了艺术品。可惜很多作者舍不得把自己辛辛苦苦"缝制"的"衣服"剪破。这个比喻是聊天时突然冒出来的，孙艳听了，一下子就明白了。

姚柔是我在广州最早接触的文友之一。刚进黄埔作协微信群时，就有几位朋友加了我的微信，她是其中一个。后来第一次见面，是在《养月亮的小孩》读书会上。她是"埔上行"公众号的编辑，我写的《月亮上的童话诗人》就是经她手发布的，因此对她印象更深。

姚柔人如其名，言行举止轻柔，待人热情周到，很贤惠。黄埔区总工会的刘惠明曾笑称她是"好媳妇"典范，这也是大家的共识。往来多了，情谊也浓了：她给我送家乡的大甜桃，我回赠北方特产水果。看了她几篇文稿，她说自己一直只在网上发布，还没上过报刊。其中一篇《福狗》，写人与动物的共生关系，很像我以前写的《带财狗》，我就推荐给熟悉的编辑，后来真发表在《燕都晨报》上，也算帮她实现了一个小愿望。

文学圈的师友往来，是真正的君子之交。我们都是文学同道，互相慰藉，扶持前行。文学这东西，让人欢喜也让人愁，可就因为这份爱，我们偏选了这条小路。

我拿着鲜嫩的绿叶凑到鼻尖，使劲吸气，却有点失望——茶香呢？四处一看才明白，茶园早已弥漫着茶叶的清香，鼻子被灌饱了，反倒失灵了。

庄汉山主席发来另一版演唱录音，我道谢时提了句"感谢演唱者"，他却说："不是真人唱的，是AI（人工智能）。"这让我大为震惊，因为听着和真人演唱几乎没差别。

之前在陈正崇老师的读书会上，聊过科幻文学里对人工智能的描写，没想到如今人工智能就来到了我面前。

以后如果您去了南海神庙、海事博物馆，或是扶胥古运河风光秀丽的岸边，或许会听到这首歌——这是跨越时空的热爱，是前世今生的眷恋。

我为广州唱支歌

一　茶园的清风

9月17日我要参加一个企业责任文化沙龙讲座。张璇和孙艳辛苦策划了活动形式与主题，我主要讲企业故事写作，讲从阅读《白鹿原》看企业文化。

早就约好这天举办沙龙，可黄埔作协临时通知，17日上午要去岭头清风茶园采风。

我从来没有去过茶园，想见识一下，看个新鲜，这次采风是个好机会。好在采风安排在上午，沙龙讲座在下午，鱼与熊掌可以兼得。

早上8点，我和阿丽坐顺风车到了茶园山脚下，大部队9点才集合。我们顺着碎石铺就的小路上山，小路在山林里蜿蜒，像一条绿色隧道。山坡的林荫道上，清风吹过，肌肤凉丝丝的，舒服极了。

人这一生会有多少个"第一次"，大多都让人看重。这是我第一次走访茶园。喝了几十年茶，也写过两篇关于茶的文章——《亲近茶香》《以茶为命》，都是为童云姐姐的著作写的书评，算是抒情散文式的读后感。

《亲近茶香》里有个情节：

过了20岁,我开始尿血,用罐头瓶装着,通红吓人,却没痛感。当时我瘫在火炕上,不方便去医院,吃消炎药也不管用,就这么持续了半年多,心里慌得很。后来在《中国电视报》上看到一篇说茶有药用价值的文章,想起家里衣箱上有个竹节茶叶筒,里面装着些陈年旧茶。我们家没人喝茶,东北不产茶,乡亲们也不爱喝,那茶大概是父亲当中学校长时外出开会得的赠品,放了快十年,早成了摆设。我决定把茶当药喝,味道比父母熬的汤药好多了。喝到第三天,正巧是我母亲生日那天,尿瓶里的尿突然变得清澈透亮,我又惊又喜!

从那以后我就开始喝茶,乡村小店里只能买到廉价的"猴王茶"。现在可能没这茶了,当年却到处都是,面向底层消费者,很亲民,打开包装袋就有股香料味。我喝了十多年,不把它当饮料,就当药。后来才知道,是我体内的膀胱结石磨破了内壁毛细血管。

读童云姐姐的《茶之趣》,我写了这篇《亲近茶香》的文章,她推荐发表在《华夏时报》上。读她与人合著的《一壶普洱》,我又写了文章《以茶为命》,这篇融入了真感情。当时这篇文章未能在报纸发表,就发在新浪博客上,有位诗人说看了之后想看书喝茶。

《以茶为命》里写道:

《一壶普洱》令内行看门道,外行看热闹。读过它不一定能从外行变内行,起码多懂一点,就是收获。捧着这本好书，像把一杯普洱捧在心口，也像拥着一位采茶女的温暖。一个人似一株茶树，众生是一片片叶子，情如水般滋润。感悟茶的精神，享受人的情感，体味生存、爱情、婚姻、生活的真谛。试想：静静坐下，手捧《一壶普洱》，桌上放杯普洱，慢慢品、慢慢读，哑摸书中文字说得对不对。这书，爱茶的人该读，不爱茶的人也该读——读了，就会觉得那些原本不相关的，现在变得相关了。忽一警办公桌上天天用的水杯，上面印着："茶道，百行之源，人无信而不立，诚信乃五常之本。"原来生活中处处浸润着茶韵。

茶园对我来说，就像个纯净的处子。电视里的茶山像梯田，一层一层的茶树，像日记本的格子。"采茶的阿妹美如花"，歌声里的美好，让我更想看看茶园的样子。

顺着碎石小路慢慢上山，还没看到茶园，就有点累了，想转身下山。一位先生超过我又折回来，我问他："看到茶园了吗？"他说看到了。这话给了我劲，接着往上走。

真进了山，仿佛脱离了俗世，回归了自然。我甚至有点贪心，不希望别人来打扰这个绿色小世界，包括阿丽——她陪我来的，早跑到前面去了。此刻这绿色山林比媳妇好看，绿色天地比媳妇可爱，她在这儿反倒多余。我一个人，想咋样就咋样，不想喊也不想唱，就想静静陪着这山、这树、这草、这花。

终于看到了——前方就是茶园，路的尽头，是一层层叠上去的茶树。阿丽在茶园下面等我。我忽然想：要是能像孙悟空拔毫毛变分身那样,变出无数个阿丽来,让她们背着竹篓站在茶树丛后当采茶姑娘,再变成她少女时的模样,就更好了。走近后阿丽才发现,这不是山路尽头,左转再右拐,路还不知道延伸多远。或许山有多远,路就有多长,山里就算没人,也总有路。

清晨的茶园静悄悄的,怎么不见采茶的人呢?

石板路通向山上,两边是一排排半人高的茶树丛。我走斜坡还行,登台阶就吃力了。阿丽掐了半支筷子长的茶叶尖递给我——有媳妇还是好的,我自己够不着茶树。茶山、茶田里都没别人,叶尖上的一滴露珠像在偷窥我们,看我们会不会做不守纪律的事。路边告示牌上写着:"不许私自采茶,违者罚款二百。"

我拿着鲜嫩的绿叶凑到鼻尖,使劲吸气,却有点失望——茶香呢?四处一看才明白,茶园早已弥漫着茶叶的清香,鼻子被灌饱了,反倒失灵了。自拍一张吧,手里拈着一枝绿茶放在胸口,不做娇羞样,装出沉思的样子。

在茶园流连了好一会儿,总算过了瘾,圆了梦。这里是广州黄埔区的"黄埔红岭头红茶创意园"。

一个北方人,从冰天雪地来到四季常绿的茶园,真要感恩命运,感恩天地的安排。造物主把南北方不同季节的景物设计得各不相同,才让我们有这样的欢喜。能穿越地域、穿越季节的人,生命多幸福啊。

再留恋也得下山,我可学不了古人在这儿盖茅舍隐居。下山路上,阳光透过树梢照在脸上,有点烤得慌。站在树荫下就舒服多了,停下来能感觉到清风穿过身体,那叫一个爽。

在这里,风是有颜色的:清清淡淡的绿叶色,隐隐约约的茶汤色。

我拍了一张又一张照片，想把每个瞬间都私藏起来，手机真是任劳任怨的好旅伴。阳光也不讨厌，没有它的折射，树荫下的色调就少了光泽。拍够了山峰、天空、山林、茶园、稻田这些大景致，就想拍点小细节。头碰到枝叶，一滴滴露水掉在脖颈上，滑进衣领里，倏地一下凉丝丝的，真惬意。垂下的藤蔓尖上悬着一滴露珠，在清风里颤悠悠的，必须用微距拍下来。放大后，露珠里竟流溢着绿色、黄色、白色的彩线，背景里的绿叶、树木、道路都变得虚幻了。

拍两棵大树的树干，像在拍壮硕的脊背或纤细的腰肢。南方的树长到两三个人高，主干就不见了，开始分枝，上面变成手指似的叉开的树冠；北方的树则是主干从根到梢一根杆，枝叶都长在旁边。山路边的大树湿漉漉、黑乎乎的，长满茸茸的绿苔，树身有一块块斑驳的印痕，像老年人脸上的老年斑。阳光穿透下来照在树干上，折射出一道很亮的光弧，仿佛给大树镶了银边。

湖水边有棵倾斜的树，像"丫"字形。树身上长满密密麻麻的小绿叶，只有指甲那么大，不像树干自己长出来的，倒像成堆的小蘑菇连成一片，很奇怪。岸边贴近水面的地方有个砖砌的洞口，水哗哗往里流，不知道流到哪儿去了。

原来这里是国营农场，1958年创建的。后来有1000多名知青在这片山上种果树、茶树和稻田。这些知青后来走向海内外，有些人偶尔会回来看看，看看自己洒过汗水、播种过青春的地方，追忆那段岁月。

前人栽茶，后人品香。2020年，中科院的院士刘仲华带领团队来到岭头茶园，用智慧提升茶叶品质，"黄埔红"就这样诞生了。

给我们斟茶的小女孩穿一袭淡绿衫裙，绣花很典雅，像一缕清风徐徐飘来，稳稳坐在对面，莞尔一笑，让人从酷热里慢慢浸入清凉。

茶园外有两户山民，茶园老总说遗憾他们不肯搬迁。我说："'白云生处有人家'，茶园旁边有两户人家不是挺好吗？多有诗意，田园唯美。要是谈拢了让他们移居，也别拆这两处小楼，修旧如旧改成民宿，让游客体验山里人家的感觉，和茶园的现代化酒店和谐相处。"

来游玩的人渐渐多了，大家都把茶园当成消夏的桃源。有位像老神仙似的农民在卖自家田头的山泉水，一元一瓶。其实茶园也是在售卖山里的空气，还附赠清风。茶园附近有观光的稻田，嗅着稻花香，喝着山泉水，品着大叶"黄埔红"，来来去去的人都像被过滤、净化过一样，身心清爽。

二　企业责任文化沙龙

冒着大雨赶到地铁长㴩站附近的"长乐爽"养生馆——这是张璇上班的地方，孙艳已经到了，两人正一起布置下午读书沙龙的会场，店长陈锦池在厨房忙着准备午饭。张璇心灵手巧，把我写的几本书用简笔画画在展示板上，生动又有趣。

午后，人们陆续赶来。主持人诗情是东北老乡，吉林人。现场有人说："《白鹿原》这名字网上传得挺火，可不知道具体讲啥。"其他人也跟着附和，看来这是读书会朋友们的共同印象，这更让我觉得有必要好好讲讲《白鹿原》。

把《白鹿原》和企业文化结合起来讲，这是我头一次尝试。要是把白鹿村比作企业，白嘉轩像总经理，鹿子霖像副总经理，那朱先生就该是党委书记了。白鹿村可以算是家族企业，好多企业也似大家族——宗法制维系着白鹿村的秩序，每个企业也有自己的生存法则，本质上都是人与人的关系。

张璇拿出《培养员工如何写好企业故事》的计划，我补充道："要让每个员工都成为企业的宣传员。员工离企业故事最近，员工本身就在故事里，有第一手材料。每个员工都要在心里树立'宣传企业文化是责任，写好讲好企业故事是使命'的意识。企业给我们工作，让我们实现价值、赢得尊严，要是热爱企业，就该回报这份爱，争做第一宣传员。

我举了《白鹿原》里的例子：长工鹿三替东家出头，带领乡民抗税交农具。还聊到熟悉的好利来品牌，总经理罗红强调要聘年轻人当领航员，给企业注入新鲜血液，免得老化失活。我还谈到员工技术创新，好多全国劳模都是立足岗位的革新能手，这就是大工匠。

我谈到了自己。在我少年时，母亲在秋天旋葫芦条，用竹筷尖端绑个薄铁皮圆圈，旋转时能旋出细长的葫芦肉，可总会带出细如牙签的葫芦丝。母亲叫它"小菜"，其实就是废品，像车床上飞出来的铁屑。我观察后发现是工具的问题：铁皮圈是圆的，旋转时上下圈之间会留余角，要是方形口就能无缝对接。我拿铁钳把铁皮圈改成方形，边沿再向外张一点。母亲用改造后的工具旋葫芦条，果然不再出"小菜"，全是成品。

我跟在场的朋友们说："大家能来这儿，就像选择来广州，都是人生中正确且重要的选择，说明你们是有追求的人。"我问谁是土生土长的广州人，没人举手，全是外来的。爱读书、来参加沙龙的，都是追求优秀的人。在企业里只要足够出色，领导和老板肯定看得见——群众的眼睛雪亮，他们的眼睛更亮。我来广州后就相信，只要不断提升自己，做个积极上进的人，广州就不会埋没你！

三　在蓝天写诗的人

我 19 岁时发表的处女作散文诗，结尾两句是："我把笔伸向太阳，在蓝天上书写属于自己的诗行。"这是我很喜欢的意象，最能代表我的梦想。后来还写过这样的诗句："无梦的脚步，走不进蓝天深处。"以及《龙是飞起来的河流》里的"人，是向上流淌的水！"

作家罗元生兄长的新著《顾诵芬：把理想写在祖国蓝天》，书名和我偏爱的意象不谋而合。只不过，我想在蓝天写诗是白日梦，而顾诵芬设计制造飞机上天是实实在在的现实。我到广州的第五天，罗兄就把《顾诵芬》的书稿发给了我，记得当时我对着 30 多万字的书稿，一字一句认真读，个别地方还做了修正改动，像对待自己的书稿一样，遇到问题就和罗兄商量讨论。我还有感而发写了一篇书评《一飞冲天中国心》。

之后，罗兄陆续跟我说书的编辑进展：排版了，出封面了……2023 年 8 月 19 日，这本书在上海书展上隆重亮相，作者也是第一次亲眼见到自己的书。这是华文出版社与航空工业出版社联合推出的重点图书，新书发布会规格很高，华文出版社社长余佐赞、中国航空工业文化中心主任蔡二雨、上海图书馆馆长陈超等嘉宾都到场了，罗兄还在会上讲了自己的创作经历。

《光明日报》旗下的《中华读书报》，对我来说是有恩的报纸。2007年我第一次在这张报纸发稿时，我的另一位恩师刘兆林老师说："那是一份很好的报纸。"《中华读书报》每周出一期，"书评周刊"的王洪波老师对我特别关照，几乎每年都给我发表一篇稿子。2013年，在《中华读书报》的推荐下，我被评为全国"十大读书人物"，还入选了中央电视台"世界读书日"专题片。2014年"七夕"，我的《扛住》新书发布会和我与阿丽的婚礼同时举行，王洪波老师编发了贺颖写的书评《〈扛住〉：践行生命的方式》，说是作为对我的祝贺。我的书评《刘兆林的情感世界——评散文集〈在西藏想你〉》《一个人的文学史——评何启治著传记文学〈我仍在苦苦跋涉〉》，都发表在《中华读书报》的"书评周刊"上，王洪波老师帮助我实现了对两位恩师表达感谢的心愿。他还寄过一箱好书给我，全是精品。最特别的是，我去了好几次北京，至今还没和王洪波老师见过面，想来我们一定有深厚的前世缘分。

9月12日晚上，王洪波老师发来微信，给我看了13日的报纸版面，上面登载了我写的书评，标题改用了我文章里的一句话：《顾诵芬：在蓝天写诗的人》。标题上方有一行黑体字：从顾诵芬一个人的故事可以看到整个中国航空飞机制造的发展历史。以下是书评选文：

小时候喜欢放"钻天猴",嗞——悠儿一声,火药带着细竹签腾空而起,孩子的心也跟着飞上天。其实是我们中国人最先发明了航空动力——火药。明朝有个叫万户的官员,坐在绑满火箭的椅子上,设想利用火箭的推力飞向天空,虽未成功,却成为"世界上第一个想利用火箭飞行的人"。

1903年,美国莱特兄弟制造出了现代意义上的飞机。1909年,华侨飞行家冯如制造的飞机成功上天。1910年,华侨谭根设计制造了水上飞机。著名的波音公司,第一任总设计师是中国人——被称为"波音之父"的王助。中国人在航空领域并不落后,还有制造出中国第一架飞机的巴玉藻。这些都是读《顾诵芬传》才知道的。制造飞机不单单是飞机本身的事,拼的是国家大工业的整体环境。因为中国工业在人类工业进程中是后起直追,所以中国的航空技术在世界上没能处于领先地位。

顾诵芬出生在江南的书香门第,他的父亲顾廷龙是现代图书馆事业的开拓者之一。顾诵芬从小随父母来到北平,目睹日军侵华飞机的轰炸,从此立志要制造飞机,保家卫国。少年时期,他就以研究航空为兴趣;读中学时,他和同学们徒步出城去看美国人的飞机;大学时,他选择了空气动力学,研究飞行理论;毕业后,正好赶上新中国发展飞机事业,他以青年专业人才的身份进入了国家飞机研究制造机构。

真是天降大任于顾诵芬，新中国飞机设计制造的先驱黄志千、徐舜寿先后遇难，带领大家从修飞机到造飞机的重担，历史性地落到了顾诵芬肩上。他参与了中国第一架喷气式飞机"歼教–1"的设计，主持研制了"歼8"系列超音速战斗机，被誉为"歼8之父"。为了解决飞机跨音速时的抖震问题，顾诵芬乘坐飞机紧紧跟在试飞飞机后面追赶观察，此举极其危险，在世界范围内，很少有总工程师会这么做。"歼8"系列在很长一段时间里都是中国空军的主力战机，翱翔蓝天，保卫着祖国的领空。"歼8-2"造型英气俊朗，被称为"空中美男子"。有一张顾诵芬捧着"歼8-2"模型微笑的照片广为流传，那神态就像父亲抱着自己的孩子。

正好我和王国省在微信上聊天，就把《中华读书报》的新版面发给了他，他立刻转发到黄埔作协微信群里，大家都来祝贺我。我有点尴尬，其实报纸还没印出来呢，正在印刷厂等着印刷呢。

四　大美之歌

《扶胥恋歌》的曲谱出来后，作曲家莫斯科邀请一位女歌唱家演绎了这首歌，录音发给我时，我特别喜欢"笑迎天下客"的"客"字——发音被拉长，悠长又空灵，特别优美。没过多久，庄汉山主席发来另一版演唱录音，我道谢时提了句"感谢演唱者"，他却说："不是真人唱的，是AI（人工智能）。"这让我大为震惊,因为听着和真人演唱几乎没差别。

之前在陈正崇老师的读书会上,聊过科幻文学里对人工智能的描写,没想到如今人工智能就来到了我面前。庄主席说,这是黄埔作协副主席王艳请朋友帮忙,用人工智能录制的演唱。这是AI第一次带给我这么深的触动。在广州这样的前沿地带,确实该多接受新事物——环境真的能塑造人!

9月18日,我收到作曲家莫斯科发来的音频,《扶胥恋歌》录制完成了。急忙点开一听,旋律优美昂扬,又带着大气豪放的感觉。听到自己写的歌词被正式演唱录制,心里有点小兴奋。一开始觉得前奏有点低沉,不太顺耳,但歌曲需要多听来加深记忆,几遍下来熟悉了旋律,就觉得好听了。关掉音频后,那歌声好像还在心里久久回响。男女声合唱的版本,把海上丝绸之路大文化背景下的个人爱情,从"小我"唱到了"大我"。

22日,庄主席发来歌曲音频和一张海报。我回复说:"是您先给我讲了扶胥古运河的人文地理,又一句一句指导我修改歌词,让它更完善。吃水不忘挖井人啊!"接着,我又补充说:"要是您没让我参加采风,我都不好意思报名,总觉得自己是外来的、新来的。"

广州接纳了我,也鼓励了我。我心里满是感激,把歌曲和海报转发给四哥四嫂,向家里报喜,又转发给其他亲友,一起分享这份喜悦。

歌曲是综合艺术,感恩所有为《扶胥恋歌》付出的人!这是我为广州唱的第一支赞歌。虽然歌名是"扶胥",颂扬的却是海上丝绸之路,是中华民族的智慧和力量,讴歌的是永远进取的过去、现在和未来。(转过年到 2024 年 7 月 12 日,我在黄埔区"七月流火"原创歌曲音乐会上,第一次现场听到了《扶胥恋歌》的演唱,演唱者是朱威和郭颖。)

以后如果您去了南海神庙、海事博物馆,或是扶胥古运河风光秀丽的岸边,或许会听到这首歌——这是跨越时空的热爱,是前世今生的眷恋。我和岭南,真是有大缘分!

五 过一个农民丰收节

9 月 23 日,农历秋分,是第六个中国农民丰收节。每当提起这个节日,我总觉得格外亲切,像自家亲戚一样——因为当年我曾公开呼吁过设立农民节。

恰好在网上看到广州庆祝农民丰收节的活动信息,虽说好像与我无关,我也去不了活动现场,但我关注着,它就与我有关。我是农家的孩子,当年虽以离开乡土为奋斗目标,却并非不爱家乡,我的根深深扎在泥土里,漂泊城市不过是想让这棵"行走的庄稼"长成大树。

眼前我生活在广州,自然关注广州如何过这个节。

《广州日报》发布了农民丰收节活动的新闻报道,还配了图片,让人有身临其境之感。仿佛我正飞翔在山川之上,俯瞰从化区的主会场:远处一座黛色山峰耸立在乌云中,金色阳光从云缝里喷薄而出;左右是山坡,中间一条江水流淌,倒映着云影,江上跨着大桥,两岸是金黄的稻田,田埂像棋盘上的线,远方山脚下有农家升起炊烟。我又仿佛飞到了长洲岛的隆平院士港,在那里,一排排农产品摆得整齐,大梨子、长茄子等瓜果蔬菜新鲜喜人,还有"麦村香米",都是珠江滋养出的甘甜。

如今,阿丽每天去早市买菜,我也在享受这方水土的哺育,心里满是感恩,真想向大地和农民深深鞠躬——虽然身体僵硬弯不了腰,但内心是谦卑而恭敬的。

我很想去从化的乡村旅游线路走走看看,可身体行动不便,出行总有些犹豫,要是黄埔作协能组织一次下乡采风就好了。哦,17日去清风茶园时,看过稻田,闻过稻花香,在田埂小路上走过,路边沟渠里水流湍急,三五根茶杯粗的木头并排横在水上当小桥,那也算是我提前过了农民丰收节吧。

我们每天都在吃农产品,这几天网上对预制菜的讨论成了热点,却很少有人关注为什么有些农民放弃了耕种。比如我的岳父岳母,早就不种地了,田地都撂荒了,因为买大米比自己种水稻还便宜。农民不养鸡、不养猪了,庄稼院的庭院经济渐渐没了,这其实挺危险的。

记得当年猪肉涨价时,网易、京东好像都宣称要搞生猪养殖公司。我当时就想,他们肯定会血本无归,好在人家只是放空炮蹭热点,我却傻乎乎当了真。

中国农民丰收节,被很多在城市奔波的人忽略了,也有很多农民没机会去庆典现场享受欢乐,他们依旧在田间果园辛苦劳作。虽然我的工作岗位就是家里的电脑前,但中国农民丰收节,是我非常看重的节日。此时写下这些关于农民丰收节的文字,就是我在用自己的方式过节了。

六　黄埔教育基金会

黄埔教育基金会副秘书长丁悦，一个非常漂亮的小姑娘，是从英国留学回来的海归。她在微信上给我发来邀请函，邀请我参加9月26日上午在香雪国际公寓举办的黄埔教育基金会慈善日活动。

我特别高兴，一定要去参加。我是黄埔教育基金会的签约作者，这事义不容辞。我自己就是慈善大爱的受益者，也在力所能及的范围内积极做些慈善来回报。

这封邀请函，对我来说就像春天的信使。

坐顺风车到了会场，里面全是陌生人，我只认识王国省和丁悦。但这时候他们作为主办方，肯定特别忙，我不好打扰，就悄悄坐在最后排的角落里。桌上放着宣传册，翻开就能看到黄埔教育基金会成立大会的盛况照片。

俗话说"火车跑得快，全靠车头带"。我更敬佩基金会会长王国省了，他既是企业家，也是文学家，还投身到教育公益事业中。我忽然想起，他来广州之前，原本是体制内的教师，有事业编制。20年前，他能放下安稳的生活，来广州打拼出一片新天地，所以现在才会放下企业，专心做教育公益事业。

王国省看到我了，笑着过来打招呼。我跟他说："去忙大事吧。"

有多位爱心人士代表向基金会捐赠，资助教育公益事业。会场上还有朗诵、演唱，气氛非常热烈，还有小朋友给每位来宾赠送一朵红色玫瑰花。我接过来，笑着向小朋友道了谢。

每位参会者的座位旁边都放着一小袋大米。

我把大米和玫瑰花带回家，阿丽一看就夸这米好，说是夏天的新米，她对大米比对玫瑰花更喜欢。更意外的是，这竟然是梅州产的家乡米，袋子上写着"不抛光，不打蜡，精选优质香丝苗米"。阿丽舍不得自己吃，说等二姐来了给她。

电视桌边有两个一尺高的瓷花瓶，里面养着碧绿茂盛的水竹，现在有了一枝红玫瑰相伴，真是绿意丛中一点红，好看极了。

就像上次"来穗人员朗读者大赛"迟到一样,这次在黄埔区图书馆的"首秀",我信心满满却收获了挫折。

因为写作的缘故,我一直最看重文字,讲座也总以"看图说话"为主,对声像抱有偏见,甚至排斥、拒绝。

我把这篇书评写成了随笔,因为读张霖的书产生了太多共鸣:无论他这个老广州人,还是我这个新广州人,都在探索自己在广州的文学坐标。

掩卷回想关于羊城的阅读"印记",曾有秦牧的《花城》、欧阳山的《三家巷》,如今,《城的嬗变》成了我这新广州人的新向导。

我的愿望总在更新,此刻最想做的,就是把广东全省的岭南书院都走个遍。

金秋十月

一　东江纵队纪念广场

10月1日，国庆节。我做了一桩大事：瞻仰"东江纵队纪念广场"。这是我藏在心里很久的心愿。

在手机上浏览电子地图，从我住的小区往北不远，就是东江纵队纪念广场。东江纵队大名鼎鼎，我早就从书本里知道了——这是广东地区的红色抗日武装，当年日本发动太平洋战争、香港沦陷时，很多文化界民主人士往内地转移，就是靠东江纵队一路护送。恩师何启治的家乡龙川县老隆镇，坐落在东江上游，正是当年东江纵队护送大批民主人士的中转站。何老师说过，他大哥启光先生就是东江纵队的人，他还记得广州解放时，大哥跟着东江纵队进城，腰间挎着小手枪。

近几年，我对红色历史文化越来越感兴趣，知道这是中华民族的精神财富。去瞻仰东江纵队纪念广场的念头，一直在心里冒芽。可走着去太远，我走不动；打车又太近，就这么拖了下来。

这天我要去黄埔区图书馆香雪馆（总馆）办讲座《歌声唱响新中国》，在悦享书斋沙龙认识的吴小琴专门开车来接我。我跟她说，先往反方向走，去看看东江纵队纪念广场。为啥非要去？因为今天是国庆节——没有先烈浴血牺牲，哪来的新中国？

过了四个路口就到了，在右侧路东。登上十几级台阶，是高耸的纪念碑，上面刻着："革命烈士永垂不朽！"上午逆光，纪念碑前摆有许多鲜花，这样的日子，就该纪念先烈。

纪念碑后面是东江纵队战士战斗场面的浮雕，还有对东江纵队领导人曾生司令员、尹林平政委、王作尧参谋长、杨康华政治部主任的介绍，右侧是永和地区革命斗争史概况的介绍。原来，我现在住的地方，当年就是东江纵队的战场！一下子，我感觉热血有点往上涌。可不是嘛，珠江嘉园小区门前的摇田河是东江的支流，这里本就该是战场，放眼望去，周边的山峦仿佛都站满了战士。

在纪念广场瞻仰了十几分钟，虽然来去匆匆，可我的心是真诚的。东江纵队的战士们、被护送的民主人士、恩师的大哥……我的心和你们一起跳动。我正喝着的水，就来自你们洒过鲜血的土地啊。

二　歌声唱响新中国

图书馆的王霞主任安排我在亲子阅读活动中做讲座，我想当然地以为听众是中小学生和家长，特意选了红色儿歌作为讲座主体内容。原本设想的是，提到哪首儿歌，就邀请孩子和家长一起唱——比如先提普及率很高的《两只老虎》，引出《国民革命歌》："打倒列强，打倒列强，除军阀，除军阀；努力国民革命，努力国民革命，齐奋斗，齐奋斗。"再说明这旋律源自法国儿歌《雅克兄弟》，到中国后被重新填词；还有《打开蚊帐》以及《土地革命歌》；再讲电影《红孩子》插曲《共产儿童团歌》、《英雄小八路》插曲《我们是共产主义接班人》、《祖国的花朵》插曲《让我们荡起双桨》，还有《少年，少年，祖国的春天》。

可没想到，第一首《两只老虎》就没人肯唱——原来台下的孩子都是幼儿园年龄，这些歌他们全都不会。当意识到这么小的孩子根本听不懂《红孩子》之类的电影故事时，我只好放弃了原计划，导致讲座过程中歌没唱起来，故事也没讲出来。

后来，我们全场合唱了《歌唱祖国》《义勇军进行曲》《我和我的祖国》，在高潮中结束，总算勉强完成了任务。一来我本身不太会唱歌，二来现场没互动起来，急得我嗓子都不舒服了。

就像上次"来穗人员朗读者大赛"迟到一样，这次在黄埔区图书馆的"首秀"，我信心满满却收获了挫折。我必须承认失败：这次表现只能打50分，不及格。知己知彼才能百战不殆，这次我太大意了，轻"敌"了——本该带孩子们放风筝，我却较真地想教他们开飞机。

好在孔玉华馆长和王霞主任很包容，还建议我以后做类似讲座时，把歌曲音像资料插进幻灯片课件里。因为写作的缘故，我一直最看重文字，讲座也总以"看图说话"为主，对声像抱有偏见，甚至排斥、拒绝。其实我懂，声像的受众比文字更广，可就是不愿遵从，这是我自绝于"时代和人民"的局限，还把固执当成骄傲。

这次也算收获了经验，又成长了一点。

这天，经师母叶梅珂推荐，《工人日报》发表了我为《不朽的丰碑〈白鹿原〉》写的书评《对〈白鹿原〉的权威解读》。能为

《白鹿原》再做些事,很好;这也是对恩师的一份回报,真高兴!

三 张霖的报告更文学

一整天,我看完了《城的嬗变:广州的旧貌新颜》,作者是广州文学艺术创作研究院的张霖。回想上次的会议,我对张霖一点印象都没有,可这本书却很对我胃口——开篇以为是散文集,读着读着才发现是报告文学,但又没有常规报告文学里的那些套路,总之我很喜欢。

这算是一本书吗?内容挺零碎的,讲了白天鹅宾馆、广州塔(小蛮腰)、亚运城、海珠湖治水工程、抢救粤剧、小区民生发展,还有对历史文化的追寻,比如石猫庙、古炮台。但在张霖眼里、笔下,这些事都裹着他的个人回忆,就像早些年过年时用纸绳捆扎蛋糕似的,在"城"的名义下,散落的广州印象被收束成他散文报告里的"张霖城"。

书里的故事很感人:爱国港商霍英东为广州建白天鹅宾馆,开了改革先声;治水工程中,工作人员面对棘手的拆迁,以心换心,赢得百姓认可,成了全村人的"舅公",人家还精心送他一个荔枝树根做的烟斗;亚运会期间,亚运城数万人洗澡热水难题的解决过程;八旬老艺术家叶兆柏(柏叔)苦心培养孩子传承粤剧;等等。

《城的嬗变》让我有共鸣:喜欢这种体裁的兼容并蓄,喜欢这些民生里的文化味儿;作为同道,他看重的思考方向,我特别赞同,忍不住想鼓掌叫好!读完书后上网搜索报告文学作家张霖,看到他的网络照片,我突然就想起来了——是他呀!我见过，有印象了。

翻开第一页，开头写着："2019年的一天，在从清远回广州的车上，我们几个朋友正天南地北地谈着文学，聊着生活。忽然，一位朋友说：'我是在大院里长大的，那就是我的故乡，整个城市就那一个大院，是我的故乡，我的根。'"

城市里的大院，就像我家乡的村庄。故乡只能是一个点位，承载不了太大的区域。第一章"城里城外"，作者写的都是自己童年居住的大院和小家屋，满是散文的味道。"我所住的院子压根就不在'广州城'里，那是一座老广州城根下的小院子。"文中呈现的景物民生，在我这个北方人看来，全是南方气息：凉亭、暗屋，包粽子的老奶奶，第一次接到冰雹的喜悦，父子俩去越秀公园看露天电影《少林寺》，家里有了录音机、黑白电视，淘气挨父母的打。院里的孩子和城里市井孩子有界限，所以这个在广州出生长大的孩子，对广州这座城市却有无根的漂泊感——他的家族长辈来自各地：爷爷是马来西亚归侨，奶奶是上海人，外公是印度尼西亚归侨，外婆是东北延边人，父亲出生在武汉，母亲出生在粤东蕉岭。他惶恐地自问：我是土生土长的广州人吗？他觉得自己是广州这座两千年古城的匆匆过客。

作者的这些记述都特别好，能让读者产生共鸣，回想起童年时光的温情，读来宛如一本亲切的长篇散文。这的确是一本报告文学，却披着散文化的外衣，有种跨界之美。

第二章"鹅潭春风"，文笔荡开，超越个人生活情趣。"2018年，我有幸参与反映广州改革开放40年的报告文学项目，负责撰写白天鹅宾馆的稿件。作为广州改革开放的标志之一，白天鹅宾馆已被许多前辈深入发掘，前人把路都已走完了，那我的路在哪？"

广州改革开放的第一个重要标志是兴建白天鹅宾馆。书中通过白天鹅宾馆建设者的讲述，生动展现了当年的改革图景：从改革开放总设计师邓小平，到习仲勋、余秋里和时任广东省委第一书记任仲夷；从酒店员工团队到广交会的外宾接待……这些细节揭示了改革进程中的艰难与突破：既要快速转变思维，又要撤除楼顶未完工的高射炮台；既要打造高级豪华宾馆，又坚持向民众开放，让百姓亲身体验改革成果。字里行间满是对投资大陆的先行者、爱国实业家霍英东先生的敬意。我向广州的亲戚打听："现在，白天鹅宾馆还是最好的吗？"对方说："不是了，但酒店的位置仍然是最好的。"手机搜索得知，白天鹅宾馆坐落在沙面旅游区，雄踞珠江主航道白鹅潭分水处，两股江水围起来的大沙洲岛，就是海珠区。文中后续写到的海珠湖治水工程与广州地标"小蛮腰"，皆位于海珠区。

书中有个特别感人的故事：工作人员刘铭面对最棘手的拆迁工作，用真心换真心，赢得了村民们的认可。村民们集体请他到祠堂，让他坐在正中，公推他为村里的"舅公"，众人敬茶。我不懂村民认"舅公"的意义，参照东北家乡"娘亲舅大"的习俗——兄弟间产生纠纷，要请舅舅主持公道——想来，村民集体认亲"舅公"，是把公家人当成了亲人。这正体现了共产党人干革命的初心：党和百姓心连心，一家亲。当初最反对拆迁的钉子户，还把因工程即将被水淹没的老荔枝树根精心雕琢成一支烟斗,"行贿"给这位"舅公"做纪念。

　　我一边看书一边查地图:海珠区过江向东南,还是珠江畔,沥江和莲花山水道交汇处,就是亚运城。我们平时关注亚运会,多是看运动员的比赛成绩和场馆建设,书中对这些内容都通过具体案例作了生动表现,但叙述的重中之重是亚运会开幕式后,亚运城面临数万人员的热水供应问题——没想到热水供应竟成了难题,这给了读者一个新颖的视角和感受。怎么解决的呢?提高水温,还有就是志愿者和工作人员主动放弃使用热水淋浴。感叹一句:他们无愧为广州改革开放的幕后功臣!

　　如果说白天鹅宾馆是广州改革开放的序章,那么广州塔(小蛮腰)就代表了广州改革开放的新高度。这座聚钢建成的塔,既是现代科技的结晶,也是当代建筑史上的奇迹。

　　一双眼睛的视野是有限的,这是张霖的广州,而我的眼睛也会看到"赵凯的广州"。张霖把以书写他者为常态的报告文学,改写成了以自己为主人公的散文格调,一颗颗闪光的"珍珠"被串在"我"这条彩线上。我把这篇书评写成了随笔,因为读张霖的书产生了太多共鸣:无论他这个老广州人,还是我这个新广州人,都在探索自己在广州的文学坐标。

　　掩卷回想关于羊城的阅读"印记",曾有秦牧的《花城》、欧阳山的《三家巷》,如今,《城的嬗变》成了我这新广州人的新向导。

四　红旗水库

　　10月4日,在朋友吴小琴的帮助下,我又了却一个心愿。

自从在电子地图上查到小区门前的摇田河，源头是不远处的红旗水库，我就一直想找机会去看看。在辽沈老家时，我就探寻过浑河、蒲河、东辽河的源头，对追寻河流源头总带着一股执念。

4日早上7点半，小琴开车来接我和阿丽，她读小学五年级的孩子也一起来了。车一路开着，我知道路边就是摇田河，可岸边植被太茂密，把河水遮得严严实实，压根看不见流水。

路上发现个新鲜事：路边石碑上刻着鲜红的"永和河"三个字。这河不是叫摇田河吗？永和是街道的名字，要是叫永和河，那街道说不定是以河命名的。可河边这条路，明明叫摇田河大街。难怪人说广州地名有趣，黄埔大道不在黄埔区，海珠广场不在海珠区，如今摇田河大街旁的河不叫摇田河——我无奈地摇头笑了，原来自己错了这么久。不过转念一想，"永和河"这名字也挺好，中国文化讲究"和合"，永远和气生财，听着就吉利。还有，南方大河多叫"江"，北方多称"河"，珠江入海口的水网常叫"涌"，这条小河偏偏叫"河"，倒有点意思。

没多久就到了水库，一面坡的大坝上，绿草间凸显着白色大字：红旗水库。

大坝上有个小闸口，水流湍急地哗哗冲出来，从马路下面流过，淌进对面的深沟里。透过层层绿叶，还能隐约看到沟中的河水。偶尔有黄色大卡车"土头土脸"地经过，水库里像是在施工。坝前停着两辆轿车，有人在拍照，看样子也是来游玩的，多半看一眼大坝就走。还是小琴有办法，进去跟水库管理人员交涉，借来钥匙——管理人员说，走过大坝有个门，打开能进去游览。

我们一行人走在大坝顶上,有几个工人正在施工,小琴跟他们打招呼,工人们热情提醒:"前面过不去哟。"小琴笑着晃了晃钥匙:"我们有这个。"她告诉我,刚参加工作时就在水库工地当资料员,所以看到水库工程人员,觉得特别亲切。

走到大坝那头,突然响起电子监控喇叭的声音:"欢迎参观,注意安全!"听着还挺贴心温暖。打开蓝色铁皮门,里面是条弯弯曲曲的栈道,地上铺着好多落叶,又荒凉又神秘,勾着人往前探。我一边走一边拍照,小琴则在拍抖音视频。

绿水映着青山,水里有成群的鱼在嬉戏。山区就是这样,截断一条山沟,就能形成水库。

栈道尽头连着山腰的水泥路,看着有点脏,我们就停下了脚步。抬眼望见对岸山路上,几辆黄色工程车排成队,跟青山绿水形成鲜明的色彩对比,反倒有种壮观的美感。水库管理人员说,等施工结束,就能开车进山里了。我在电子地图上查过,过了这道防火安检关卡,沿着狭长的水库一直走,能到"水穷处"。虽说没走到这山这水的最深处,可还是觉得像揭开了藏在大山里的一个秘密,心里亮堂了不少。

有点遗憾这水库太小,我想起在黄山看到的陈村水库(太平湖)、吉林的一个平原水库,还有沈阳东郊的棋盘山水库,感觉都不算大。三峡大坝够高大,可没人叫它水库。前几年,我站在三峡大坝观景台上,望着壮观的船闸运作,遗憾自己没能乘船过闸一次。

我心里总存着一个念头,好像该有个大大的水库,水面宽阔得像海一样。人心就是这样不满足，这会儿我又想找时间沿着永和河往下游去，到它与东江北支流的汇合处看看。

五　清远·北江·江心岛

台风"小犬"倒像只可爱的小宠物，我们去清远的三天，阴雨连绵，清凉怡人，心情也跟着舒爽。

广东省作协残联分会第二届换届大会在清远举行。早在2015年元月，我参加广东省残疾人作家培训大会时，带头人王心钢就说过他们在筹备成立这个分会。上回去韶关拜访他，他说要在清远开会，邀请我参加。9月中旬，收到他的正式通知："聘请您和荣主席当顾问。"荣主席就是韶关作协的荣笑雨，这些年他一直帮着王心钢打理广东省残疾人文学工作。

10月8日傍晚，在清远海悦酒店门前，我看到荣主席把坐轮椅的残疾人从大巴车上背下来。荣主席看着健朗，其实也年过花甲了。会上，王心钢致谢时，特意提到了荣笑雨主席，这份情谊让人动容。

我是第一次来清远。李允平大姐和金智安排着广州一行十几人的行程，真要感谢广州市残联，特地派了公务车接送。集合地点在海珠广场，我和阿丽坐6号线地铁出站时，公务车已停在路边，广场上高耸的解放军战士持枪雕像特别显眼——是背影。

我对美向来敏感，立马掏手机拍照：阴云下，战士的头和肩背显得高大庄严，身姿英气硬朗。我没绕到正面拍，2019年我经辽宁省残联推荐去鲁迅美术学院大连校区时，画家刘欣喜让我跟着残疾人绘画班画《拉奥孔》雕像,正面和侧面被学员占了,我只能画背影。零基础的我不用直线条,全靠弯弯曲曲的小线条构图,头发和肩臂的肌肉都用曲线表现。第二天修饰完,我将与画板、雕塑的合影发朋友圈,女诗人心泉夸我:"赵凯你了不得,干啥像啥!"我还傲娇地说:"那我改行当画家。"如今,我把战士雕像背影从远到近拍了四张照片发到朋友圈:前两幅有飘扬的国旗,后两幅放大了战士身影,子弹袋、手榴弹、刺刀都清晰可见。

有人评价"伟岸",黄埔作协书记万绍山却问:"广州解放纪念碑吗?"我这才被提醒——雕像叫啥名?搜"海珠广场雕像",跳出"广州解放纪念像":1959年尹积昌塑造,1980年潘鹤、梁明诚重建。图片里,战士正面的目光刚毅如铁。

到了清远,金智邀我去他多年前在老城区买的房子,说"很近"。可这"近"和我理解的不一样,一走就走了一个半小时,光在北江大桥上就挪了20多分钟。我苦中作乐:"这才算真正认识清远了!"我住的地方挨着东江支流,这回见了北江,以后还得去走走西江。

9日上午大会召开,广东省残联副理事长柯沫夫、省作协组联部主任周智都来了。看到周智主任的桌牌,我赶紧拍照发给他,他在台上朝我点头微笑。散会后,他过来握手,笑问:"转会的事还没办好?"我说:"申请已经寄出去了。"这是我们第一次见面,却像熟络的朋友。

接下来,我和荣笑雨主席以顾问身份,点评了清远残疾人作家易域勤的诗集《半轮明月》和小说集《行走人世间》;清远市作协主席李衔夏和评论家马忠接着点评了何桂梅的散文集。

下午前往英德连樟村——脱贫攻坚的模范村。村史馆里，岁月的变迁触手可及。这场轰轰烈烈的扶贫大业，在中华民族民生史上必将载入史册。山清水秀，路虽远，但层峦深处的"金山银山"却扎根很实。似有若无的小雨中，大家都说空气好，专程来吸几口都值。

10日上午，送走返回韶关的王心钢、荣笑雨，我和鲁飞、梁左宜等人去江心岛。查手机地图，岛上有个岭南书院，我立马来了兴致——原以为是古代建筑，结果是座典雅又现代的清远图书馆分馆。过了小桥，看到墙上有讲师介绍，想到那些名家多是体制内教授，我这体制外的总觉得卑微，没敢想自己能来开讲座。

在书院转了两圈，一位女工作人员主动说明：走廊上的书有些是读者捐赠或寄存的，以后还能取走。行至会议室门口，见三位女士在轻声交谈，我猜这是办讲座的地方。从江边折返，见门旁木牌写着"北江讲堂"，我突然冒出想法——该联系负责人讲讲《白鹿原》。我犹豫着走过门口，第三次折返时终于鼓起勇气进去，三位女士都看向我。我笑着问："打扰了，哪位是安排讲座的负责人？"穿蓝色长裙的女士笑答："我就是。"我说明想毛遂自荐，她请我在书房稍等，解释和客人谈完就来找我。

继续转悠时，我见荷花塘对岸有个小院，门旁挂着"院长办公室""教授工作室"木牌。院子小巧精致，白墙花窗，青砖铺地，两座假山石的纹理像苍茫水墨。两石间有株半枯的小树，枝杈疏落，只剩零星发蔫的碎叶，主枝上吊着一大袋褐色营养液，细管插进根部——给树"打点滴",难道是名贵树种?

我刚在湖心亭坐下,阿丽就说:"她们出来了。"隔着竹丛看不清,我起身走到廊下,遇到会议室门口的两位女士,她们说:"院长去书房找你了。"回头见院长绕着荷花塘往办公室走,我迎上去,她笑着把我请进办公室。

我简单介绍后,提出想和清远读者分享《白鹿原》的艺术特点——真是《白鹿原》给了我勇气!院长知道这本书,也喜欢这讲题。我们加了微信,她让我把讲课提要和课件发给她,以便向上级请示。

她介绍说,十年前这里还是荒岛,只有芦苇,后来政府规划建设,才变成如今的文化场所,清雅书香弥漫,本地人、外地人都爱来走走看看。小岛虽小,格局却大。

已近中午,不便多扰,我和阿丽要赶行程了,同来的作家朋友也已先返回。院长送我们到连接岛岸的小桥边,我一再请她留步,走上桥回头时,她还在桥边微笑目送。

江风习习,吹得身心清爽,我不由得想起《约翰·克利斯朵夫》的第一句:江声浩荡。

后来上网才知,那位优雅的女院长叫秦鸿雁。她送我时提过:"早上,作家玉帅来了。"我笑说:"我和他刚一同开会,还点评了他的作品。"玉帅是易域勤的笔名,他告诉我:"清远作协每年笔会我都投稿,就认识了院长。她原是《南方日报》编辑,辞职来办书院的。"能辞掉广州的工作来清远办书院,着实令人敬佩。

我还了解到,岭南书院不止江心岛这一家。近两年,广东已在梅州、潮州、惠州等多地建了10所，预计要覆盖全省21个市。清远江心岛的书院2021年由原来的一默书房升级而成，是广东首家。

江心岛，是读书岛、文艺岛、思想岛，像片绿叶漂在北江上，像只小船游弋在学海里。

我的愿望总在更新，此刻最想做的，就是把广东全省的岭南书院都走个遍。

六 《乡土中国的今生来世》

10月13日中午，微信收到黄埔区图书馆王霞主任的信息，是关于一场《乡土中国》阅读活动的链接。她问我："有兴趣来做分享人吗？"我立马回复："好啊，我读过这本书。"王霞主任说："那太好了！时间是明天下午两点半。"时间有点紧张，我赶紧重新温习这本书。

还是几年前，孩子的课外推荐书单里有《乡土中国》，我在网上买了一本。早就听说过这本书，却一直没机会读，拿到书时，先被它的单薄惊到了——名气这么大的书，篇幅竟这么小，能承载得起书名所涵盖的厚重吗？立即拜读第一章后，我着实被震撼了：它对中国乡村社会性质的描述太准确了！可接下来读着就感觉有些枯燥，我只好一目十行地翻完，就算"读完"了。如今想在手机上认真读，还是读不进去，我只好从整体结构上去把握——

晚上，我写了篇读后感。第二天上午，整理成《乡土中国的今生来世》，节选如下：

这几十年间，几代人离开了乡土，我们对乡土还有怀念；可在城市长大的孩子，他们心中已经没有"乡土"了。或者说，他们知道乡土是农村，却觉得农村与自己无关。虽然他们每天吃的粮食和蔬菜都来自泥土，可他们对土地没有切肤之痛，也就少了感恩之心。乡土就是农民，在城市长大的孩子对农民是什么态度呢？和他们说"粒粒皆辛苦"，他们或许会嗤笑。他们以为粮食、蔬菜、肉蛋天生就该有人为他们准备好，不懂什么叫饥饿，也不懂未来可能还会出现饥荒。比如2022年长江流域干旱少雨，部分江段水位异常低，两岸遭遇旱灾，若是在"乡土中国"时代，一定会出现饿死人、背井离乡逃难的现象；而现在，依靠交通发达，不再依赖水路运输，能把旱区所需物资源源不断地运过去。

当今阅读《乡土中国》，一定要联系现实：乡土农业依旧是国家的根本。国家以政策维护粮价处于低位，这是对城市居民最大的恩惠；可城市又以农资、医疗、教育、交通、运输等各种现代化手段，给乡村施加压力，影响着农民和土地的收益。看看现在的农村，从事生产劳动的都是中老年人，三五十年后，当这一代农民消失，完全的现代化农业就会诞生。传统农民是即将消失，也必然会消失的，失去了农民，乡土社会也就不复存在了。我在心里已为乡土、为农民提前唱起了挽歌。套用《百年孤独》的开头：许多年后，"乡土"会成为珍藏在《乡土中国》这本书里的历史词汇。

乡土的伦理以亲情为主，当今城市的孩子却已"进化"到"断亲"。我眼看着亲姐妹两家的孩子毫无交流，互相视为空气，既痛心又毫无办法。乡土中国该向何处发展？

《乡土中国》剖析了传统社会结构和人际关系。对比当今"市民中国"的社会结构和人际关系，"差序格局"体现在单位取代了村庄，家族情感淡化，小家庭独立。一个人如同石头投到水里，当今的社会关系网更复杂，可有的市民封闭自我，活得疏离而简单。

"乡土社会是个男女有别的社会，也是个安稳的社会"，个体流动很小；市民社会是男女平等的社会，却造成婚姻和工作都不稳定，个体流动很大。乡土社会的宗法礼治，变成了市民社会的法治；乡土社会是《乡土中国》的主体，市民社会是城市中国的主体；"仁义礼智信"演变成了社会主义核心价值观，其中包含的爱国、诚信、公正、平等，这些都是传统道德在新时代的新发展。

我们从乡村来，我们到城市去。

乡土社会是小农经济，自给自足；市民社会是现代城市经济，个体无法自给自足，必须依靠他者互联共生。但乡土中国的"官本位"，在当今依然存在；乡土中国"重农轻商"，如今却变成了现代城市社会的"资本力量强大"。

乡土中国的族长和乡绅消失了，市民社会的单位和企业领导，有了族长的权力和乡绅的尊者身份，却没有了族长的血缘和乡绅的地缘亲密关系。乡土社会人与人的亲情，变成了市民社会人与人的友情与规则约束；乡土社会大多是熟人，市民社会基本都是陌生人，人们遵从法治的契约。

乡土社会是孤岛，市民社会是河流。乡土社会中，个体的好坏关系家族的荣辱；市民社会中，个体的好坏，父母妻儿都不承担连带责任。

乡土社会的欲望是"一亩地，两头牛，老婆孩子热炕头"；市民社会的欲望是票子、房子、车子。甚至有人有了房子，却失去了婚姻家庭，生命没有了传宗接代的延续。乡土社会婚姻很普及，生育率高，人丁兴旺；市民社会追求自由恋爱，却有时阻挡了婚姻，经济条件的攀比制约了生育。

中国乡土社会建立在"人"上，市民社会同样建立在"人"上。人变了，社会性质就相应变化。乡土中国的主体是农民，市民中国的中心是市民。

《乡土中国》在中国社会学学科的开拓之功，令人尊敬。

七　病中记：意外与暖流

午饭后，为了省十几元打车钱，我跟阿丽说坐公交去图书馆。从手机上查到公交车的位置，我提前下楼——我走得慢，笨鸟先飞。我们住小区西门，公交站在东门，小区大，得走十几分钟。我抄近路从楼南阳光下慢慢走，快到东门时看见阿丽急匆匆出门，喊了两声她没听见，就不喊了。等我到公交站，阿丽正跟候车的人借手机想打给我（她的手机在我手里），看不到我，她急坏了。一看见我，她笑了，埋怨我咋走到楼那边去了。

离公交车到站还剩两三分钟，北京那边突然来电。恩师和师母回东中街42号办事，让我帮着打网约车去芳城园的新家。新家挨着高速公路，定位总不准，上次司机来接找不到门，这回送过去，又没找着。

公交车来了。我拉住扶手用力往上挪，一上车就觉得两条腿特别吃力。我感觉左侧身体发麻无力，左手拿手机都有点不稳，就跟坐在后座的阿丽说"我发病了"，她却不知道啥情况。这时我意识有点模糊，昏昏沉沉睁不开眼。从小区到图书馆车程20多分钟，到站时我都没察觉，是阿丽把我叫醒的。下车进图书馆时，我的身体状态越来越差。师母又打来电话，说定位是准的，就是小区门口新放了重阳节广告牌，挡住了大门，司机才越走越远——小区实在太大了。

进了图书馆，阿丽说前面走廊深处是孔玉华馆长，可我看不清楚。这时我还没意识到视力出了问题。孔馆长看见我，迎上来把我和主持人、主讲嘉宾（两位都是大学教授）互相作了介绍。我进会场坐下休息，只觉得眼皮重得睁不开。

我急着盼讲座开始，讲完要去最近的医院做检查。主持人先作了开场介绍，接着彭贵昌老师谈了对《乡土中国》的理解，轮到众人发言时，大家都沉默。我赶紧说："我先讲吧，讲完得去医院看看。"我事先准备的讲稿内容还记着些，可没说几句舌头就打抖,干脆不多说,起身告辞。

出了图书馆打车,过路口就是广东省第二中医院黄埔医院。导诊台让挂急诊,周末的急诊排了不少病人。有个腿撞伤的人一瘸一拐想加塞,阿丽急了,向护士指着我说:"他拄拐杖等好久了。"

护士把我领到医生面前,我一说症状,医生立马判断是中风,让我去做脑CT。根据脑CT结果,医生说这是脑梗了,幸亏来得及时,得马上住院——这时候我发病已经三个小时。我左侧身子基本不麻了,状态也比之前好多了。等到发病第五个小时,我终于挂上点滴,这才安下心。

这事又让我感恩图书馆——如果不是来图书馆参加活动,我在家里发病,肯定会先观察一阵,后来症状缓解了,更不会立马去医院,那样一定会耽误治疗。

晚上接到代英夫老师的电话,他让我别担心,说他一位老朋友两次中风,现在恢复得很好,和正常人一样。他还说,有的人半夜发病想等天亮再去医院,这一等就等坏了。我虽是中午发病,可若不是外出到图书馆,也一定会犹豫拖延,耽误治疗。

护士来给我耳朵上贴穴位贴,腿上做电刺激治疗。这些东西我小时候都用过,觉得没啥用,心里不太喜欢。阿丽告诉二姐我住院了,二姐夫很快就来看我。

熬过一夜,孩子小伟在电话里跟他妈说,别在这种小医院,去大医院。阿丽便做主为我办理转院。

二姐夫开车送我们去中山大学附属第三医院。还是到急诊,医生一看我的情况怕我摔倒，立刻安排了抢救室的床。在急诊待了一晚上，第二天早晨去做脑磁共振，直到下午有空床位了才办住院。

正好罗元生兄长微信找我，我把诊断报告发给他，他请一位医生朋友看了，说的确是脑梗，但情况不算特别严重，建议到神经内科住院两周。我住的正是神经内科，心里便踏实多了，知道治疗对路。

我的症状是视力模糊，说话多了舌头就不得劲儿，有点囫囵说不清，左手手指不灵活，拿不稳手机。验血结果是"三高"：血糖高，血脂高，血压尤其高。我以前从不知道自己有高血压，可高血压能遗传——我父母都是高血压病故的。

我吃不下饭，没食欲，药却有七八种，一次吃一把，比饭还多。没过多久，我出现了药物过敏，先是白天夜晚打嗝，接着浑身起红疹，巨痒，还不知道是哪种药引起的。因为过敏，医生让我多观察两天，推迟了出院。

来广州一年，这场大病难道是命运给予我的礼物？我曾想：莫非自己不适合来广州？可四哥建议我回沈阳时，我仍坚持拒绝——还是想留在广州。我乐观地想：从农村老家闯出来才十年有余，若命运再赐我十年，定能做得更好！

广州的朋友里，吴小琴最早知道我生病。她最近想学写作，常联系我看稿子，我说暂时看不了，病了。阿丽回家取东西时，小琴开车接送，还给我买了很多滋补品。小琴跟王国省说了我的病情，他便带着黄埔作协的几位领导集体来医院看我。这让我特别感动——在广州，这就是我最亲近的文学团体，他们就是我的文脉亲人。

我发病那天（10月14日），正好《南方农村报》发表了我写的散文《茶山上》，这是我第一次在广东报刊发表作品，由诗人黄礼孩帮忙推荐。他对语言要求高，让我改了两次：第一次是删去茶园历史介绍，第二次主要删去平淡、不够精彩的句子，只保留富有想象力的艺术性文字。在他的指导下，我越来越喜欢删改，文稿也越来越纯粹。作家陈翠英在微信里夸我"文采斐然"，受到这份鼓励，我对着病房墙上一幅山水油画，用手机写了千字散文《在一幅风景中度假》。

之前得到通知，我在"黄埔讲书人"活动中进入复赛名单，我向孔玉华馆长和王霞主任说明情况："参加不了，身体病了。"同时也表达了感恩：要不是发病那天去图书馆参加活动，我不会那么快到医院治疗，是图书馆拯救了爱读书的我。我今生的命运，本会像二哥、三哥那样，患风湿病一直瘫痪在床，可因为读书学习，我的命运才有了转变。

我26日下午出院，29日是来广州整整一年的纪念日，没想到来广州一年会以这样一场大病作结。出院那天晚上，我的嗓子开始不舒服，之后发展成了气管炎。我走路时对方位判断不准，左侧身子老撞墙撞门，左脚有时会踢在椅角上。

我和广药集团挺有缘分，医生建议我参与白云山制药集团的"华佗再造丸"研究体验项目，这个项目可以免费赠药一年，我特别乐意——对一种药物进行体验，要是疗效好，能给其他患者提供经验，多有意义。现在，我开始服用华佗再造丸了。

因为小时候吃了太多中药都没治好风湿病，长期以来我对中医中药有偏见，可这次治脑梗的中成药"血栓通"主要成分是三七，让我改变了对中医中药的看法，我甚至想买点三七泡茶喝。

这阵子世界不太平，俄乌战事、巴以局势持续紧张；但中国这边，华为在芯片高科技领域突破美国封锁，第三届"一带一路"十周年高峰论坛也在北京隆重召开，140多个国家、30多个国际组织的代表莅临参会。全球聚焦中国，共话构建人类命运共同体——中国力量真让我们骄傲！相信未来，一切都会更好。

我的前世是不是来过广州？与广东的缘分太奇妙——拯救我的恩师、照顾我的爱人，都是广东人。

若是在封建帝王时代来过岭南，我会是渡水的人，还是摇船的人？会不会是依赖扶胥古运河与扶胥港（黄埔港）生息的人？若不是，为何刚到这里就写出《扶胥恋歌》，唱出"前世别离在此地，今生牵手又在这里"？

在广州的日子很充实，天天有活儿忙，闲不住，我喜欢这种状态。我盲目自信地想：下一年，我在广州会更精彩。

尾声

人,天生亲水。到了广州,我对珠江就特别在意。

广州很大,珠江更大。眺望西江、北江、东江的源头,仿佛一扇大江顶天立地铺开。

在辽宁老家时,我曾探究过辽河,走访过它的入海口与源头。来到广州,我总琢磨:东、西、北三江汇合成珠江,到底从哪里开始才算珠江呢?网上说,珠江指从广州到入海口这一段,不足百公里。珠江之名,源于江中有块大礁石,经千万年江水冲刷成珠状;过去珠江宽阔如海,广州人叫它"海",这礁石便被称为"海珠石",珠江也因此得名。近百年前,因泥沙淤积,海珠石与江北岸相连,后来因人工建设沉埋地下。我想,若是真能把海珠石挖掘出来,作为地标景观供人观瞻,该多有意义。

在手机地图上拉动缩放,从"小蛮腰"下的海心沙溯流而上,西至佛山境内桃园中学旁的松岗河治理项目部,北到佛山贤鲁岛,"珠江"二字的标注就到这里。可这仍不一定准确——珠江大水"八门入海",其他地方的水道未必都叫珠江,比如珠海,其实是西江的磨刀门水道,而"珠海"之"珠",想来与珠江的海珠石无关吧。

真正的珠江,从荔湾白鹅潭经"小蛮腰"下的海心沙岛向东,过长洲岛进入狮子洋,过虎门、出伶仃洋汇入南海;从广州塔向南,过海珠湖到沥滘,又是珠江,向下游包围大学城,同样泻入狮子洋。东江的南北支流,最终也汇入这片水域。

且不说整个珠江流域的壮观,单是珠江三角洲的水系就令人惊叹——仿佛珠江张开百十双手,把广州、深圳、珠海、惠州、东莞、中山、肇庆、佛山、江门,还有香港、澳门,都揽入了怀抱,这便是"珠三角"。

从广州所辖的11个区来看,荔湾、越秀、海珠、天河是核心城区,我所在的永和街道,算是真正的郊区。就像有人说"到北京了",其实是在通州东部挨着燕郊的乡镇里——但无论如何,我是真真切切站在了广州地界上。小区正门前的永和河是东江二级小支流,而东江又是珠江的支流,那么门前这条从东向西流淌的河水,自然属于珠江水系。我每次外出必经的小桥,与黄埔大桥、虎门大桥、海珠桥一样,都是珠江上数不清的桥梁之一。

有一次乘坐王国省的车,经过壮观的黄埔大桥时,我想到一句话:广州到处是珠江。我还顺手编了几句顺口溜:

> 白云山下好风光,
> 海上丝路情意长。
> 十步一桥走不尽,
> 广州到处是珠江。

在广州市辖区内,珠江水道像一张蜘蛛网,互连交叉如"立交桥"。若把水道比作粗细不等的绳子,是谁在冥冥中"结绳"编织了这张水网?广州到底有多少条珠江支流?上面又架起了多少座桥？汽车出现以前，广州最方便的路该是船吧；可当陆地交通压倒水上船运，为车轮修筑的公路与桥梁，便一道道截断了江河。

我的前世是不是来过广州？与广东的缘分太奇妙——拯救我的恩师、照顾我的爱人，都是广东人。若是在封建帝王时代来过岭南，我会是渡水的人，还是摇船的人？会不会是依赖扶胥古运河与扶胥港（黄埔港）生息的人？若不是，为何刚到这里就写出《扶胥恋歌》，唱出"前世别离在此地，今生牵手又在这里"？

我是读书人，信科学不迷信，可冥冥中总有些说不清、道不明的牵绊。

广州城沿珠江生长，我来此依附广州生息。中国文化倡导道法自然、天人合一，来广州快满一年，我早已与这座城活在一起、长在一处。生命里有了广州的日子，我成就了不一样的人生。

在广州的日子很充实，天天有活儿忙，闲不住，我喜欢这种状态。我盲目自信地想：下一年，我在广州会更精彩。

以后会不会长久留在广州？遵从命运安排吧，我的内心早已给出答案：我喜欢广州，就像喜欢这里的师友们。我为了爱阿丽而来广州，如今早已移情别恋，爱上了这座城。

我曾写过一首诗《龙是飞起来的河流》，这回，愿把珠江比作银河降落凡尘，铺天盖地，让广州美得处处是风景。从增城"挂绿"荔枝到南海神庙"波罗诞"，从越秀水上花市到荔湾船上婚庆，以水为网，我是一条自愿落网的鱼，在这巨大的网中自得其乐。子非鱼，子非我，安知在广州"居大不易"的乐趣？

广州多山峦，路也像河流，随山势弯曲，不像沈阳的路那样横平竖直。每次进市区，都觉得绕了好大一个弯。山沟里，流水像孩子嬉闹，一片花瓣漂流而过，像从画中少女的香囊里掉落，值得你追着忘返；山脚下，曲曲折折的路流淌到山腰，光亮得像条河，沿着这条路"漂流"，仿佛会进入梦境，又一个桃花源的门为你敞开。把思绪放在粉红的花瓣船里，或碧绿的叶筏上，轻轻一吹便启航，在清风中漂泊，把心香撒播在这温暖的时空。

我曾是《想骑大鱼的孩子》，如今自己变成了一条游动在墨汁中的鱼，驮着这本书稿，作为来广州一年的"新生日"礼物。

我们的文化习惯说"南下北上"——秦始皇派50万秦军南下攻占百越，南昌起义后起义军南下广东，解放战争时四野大军挥师南下，连"候鸟"老人也爱南下过冬。从地理上看，越往北纬度越高，由高向低为"下"；从历史看，黄河流域文明先起，岭南开化稍迟，先为"上"、迟为"下"。我从沈阳来广州，按习惯该说"下广州"，可本书命名为《上广州》，既是客对主的恭敬，更是对广州作为改革先锋前沿的礼赞。

我是生活不能完全自理的人，是从事文化打工的自由撰稿人。不算年轻人，不算健全人，和多数来广州打拼的人不一样。《上广州》记录的是我来广州第一年的经历，是广州新生活的点滴，写遇到的一个又一个新老广州人，记自己融入广州的情感历程，属于外来者群体中独特的个体。作为读书人、写作人，在广州接触的多是精神层面的人与事，这本生活纪事，是一个新广州人的诞生记，是大都会里的"瓦尔登湖"。

梭罗把自己放逐到大自然，我把自己放逐到人地两生的大都会。

珠江畔的广州是英雄城，从革命英雄到经济英雄，红红火火的木棉是英雄花。仰望"小蛮腰"广州塔，我心中忽生诗句："珠江把流水编织成网，捕捞一树树火焰，每一次和你相见，都如初恋。"

珠江长流，广州城就鲜活，每个人都是一朵浪花。只要你来过广州，无论回到哪里的家，广州的味道、珠江的气息，都会跟着你越走越远，远到天边，长成思念的那一头……

广州，和你说个心底的秘密：我的梦境，比宇宙辽阔。

2023年10月27日完稿

后　记

晨起散步，漫天漫地的绿云淹没了我，浓得推不开的醉人空气好似大雾包裹着我。路面湿湿的，脚步踏过，不起一星点灰尘，真干净啊。来自北方的我，越走心里越舒畅。环顾这乡间山水，我越来越喜爱这里，仿佛走进了苏东坡的诗卷，日啖荔枝，此心安处。好兄弟王国省说，《上广州》是我写给岭南广州的长篇情书，这个比喻很得我心，的确如此。

《上广州》记录的是我来广州第一年的经历，而来广州的第二年，却是我病瘫多年回归社会后最艰难的一年。我自认为是一个积极努力向上的人，可厄运对我这"半康复"之人似乎格外"偏爱"，不休不息地锻打。《上广州》结尾写到我来广州近一年之际突发脑梗，出院后正在康复中，类风湿病又复发了，肩颈剧痛——这是我二十年前置换人工双髋关节以来最严重的一次发作。这顽疾在我两个哥哥身上的表现是，瘫痪后病情就稳定了；而在我身上，虽患病近半个世纪，身体里所谓的"风湿"仍像在新患者身上一样活跃，疼得我抬不起头，走在路上想往前看都得翻白眼。脑梗后遗症还造成我大小便偶尔失禁，多亏阿丽悉心照料，让我更生了与她相依为命之感。

2023年10月26日，医生允许我出院，28日我就应邀参加了与黄埔区优秀教师的交流会，采写并发表了关于王丛丛、朱穗清老师的通讯报道。在广州的第二年，我还参加了很多文学与文化活动：走进黄埔区青少年宫及多所中小学做读书报告；在越秀区图书馆分享长篇小说阅读与创作体会；和读者共读红色经典《三家巷》；跟随黄埔区作协采风团参观并创作；在读书会品读女作家张欣的新作《如风似璧》；为广东人民出版社校对了八部书稿。

这一年，我抱病创作了中篇小说《生个亲人》，还与师母叶梅珂合作撰写了恩师何启治先生的长篇传记。这也引出一件重要的事：2024年11月，我与妻子阿丽全程陪伴九旬高龄的恩师和师母回粤省亲，亲身感受了岭南的宗祠文化。恩师一大家子亲人从海内外赶回广州，在番禺团聚；在龙川，我拄着拐杖搀扶腿脚乏力的恩师，他也拄着手杖，苦笑说我们师生是"两根棍子"。踩在恩师童年嬉戏成长的土地上，我仿佛也扎下了自己文脉传承的"根"。

现在是我来广州的第三年，家里的大事是孩子小伟大学毕业后参军入伍，圆了我的夙愿。当年，读大学和参军是农村孩子的两条出路，可惜我因病都没实现。我亲眼看着一个小学四年级的天真孩童来到身边，长成保卫和平的英武战士。朋友说孩子该感谢我的培养，其实我更感激孩子给予我的陪伴。我能成家太不容易，所以格外格外珍惜。

理性来讲，如果一定要离开沈阳，我的首选本该是北京——

那里师友多，遇事能有个依靠。2025年1月17日，我去参加广东省作协迎春茶话会，巨大的陌生感令我提前退场。其实会上看到一位故人，是2009年1月一起在北京参加中央六部委农民作家代表会议的著名作家，他从我面前走过，我没有主动打招呼，不知道他还会不会记得我。这让我更怀念在辽宁省作协会议上那种如鱼得水的感觉。

我来广州，并非自己所愿，更多是遵从命运安排。弱者就是这样，身不由己。2025年5月，我和阿丽去北京看望老师，打车从树木繁茂的地段往鼓楼大街的老城区走，心里仍向往北京——是沈阳和北京这两座城市共同托举了我。《扛住》一书的编辑胡慧华老师曾说，我能从农村挣扎出来，在北京发表作品、出书，已经很了不起了。北京发现了我，沈阳搀扶我站起来，我相信广州一定会引领我走向更远的地方。至今我仍觉得，当初选择来广州而非梅州，是正确的决定。

阿丽的二姐家在老黄埔，因面临拆迁，要搬到永和这边的新房。经文友小琴引荐，我和阿丽在增城地界租到一处物美价廉的高层楼房，在33层顶楼，日子过得像住在云上。俯瞰楼下的湖泊，眺望对岸的绿林山峦，白色雾岚如仙气般袅袅飘移，小山背后的高楼比山还高，从峰顶露出一截，恍若海市蜃楼。这是真正的岭南乡村，"罗浮山下四时春"，在林荫路上散步，莲雾、芒果、荔枝常从树上掉落，这样的环境让我惬意流连，就像我对阿丽的依恋。她回广东近三年，哮喘一次也没发作过，我们来广州漂泊的目的，算是达到了。

在广州，社会活动少了，我的创作却有了增收。《上广州》

即将付梓之际，我还应约完成了一部长篇历史读本。

我已56岁，正迈向老年。我请辞了辽宁省散文学会副会长职务，学会聘请我为顾问，这让我真切感受到了生命阶段的转换。我甚至感到自己的创作观念似乎也滞后了。青春期病残导致与社会长期脱节，生活体验的缺失和眼界的局限，反映在创作上便是文笔的障碍。曾有一位负责残疾人文化工作的领导说，残疾人写作无障碍。他或许只看到了一支笔和一沓稿纸，却没能体会执笔的那颗心有多虚弱。文学创作绝不仅仅是写出来那么简单：要写得好，首先得有丰富的经历，才可切肤地感悟到能引发大众共鸣的东西；其次还需面对发表、出版和宣传推广的运营难题。弱势群体的无力感，体现在参与社会生活的方方面面，史铁生后期创作的《病隙碎笔》，就鲜明地印证了这一点。

从这个意义上说，我格外感谢华夏出版社推出我的作品。

作家毕飞宇强调："一个人在成长过程中，他的阅读由虚构走向非虚构，是内心成熟的标志。"这句话让我产生共鸣，也增添了底气。原来总有点心虚，觉得是自己不会虚构、缺乏创造力，才去写长篇散文。其实，大家都明白：真实，是最有力量的！

评论家兼诗人刘恩波对我说："赵凯你也是个奇人，在乡下与世隔绝那么多年，后来进沈阳，搞得风生水起，如今又去了广州。很多身体健全的人想去广州都没做到。"刘恩波老师还为我写了一首诗《想给人生立一块碑》，里面有一句深刻的话："百劫历难中的美，像那块碑。"

《上广州》是我人生旅途的一座里程碑。

2009年，我困在沈阳农村老家时，刘恩波老师专程下乡看我。至今记得他给我的赠言："艰难困苦，玉汝于成。"回望过去，很心疼当年的自己，真想和二三十年前的我见面聚一聚，聊一聊。现在的我定会好好招待从前的我——我们可是实打实的老朋友啊。抚慰过去，鞭策明天，活成自己想要的模样。刘恩波老师赠诗予我时，也饱受病痛折磨，常和我交流如何对抗病痛，他说了一句让我此生难忘的话："往前活！"2025年6月24日，我被病痛折磨得心态几近崩溃，在日记本扉页写下：我活着，就是在战斗！

曾与刘恩波老师相约，等他退休后，来岭南乡下共住一段时日，互相鼓励创作，酿"岭梅香"，追"千里快哉风"。客居岭南，我愈发钟爱苏东坡，诚请书画家廖宗怡老前辈写下东坡佳句：常羡人间琢玉郎。拥抱阿丽，望着她的双眼，我郑重地说：

我爱你，广州！

北京发现了我，沈阳搀扶我站起来，相信广州定会引领我走向远方，和有缘在此相遇的人们携手同行。台风来了，暴雨倾盆，风雨无阻嘛。看，前方有奇景，彩虹落地生根了。

2025年7月31日

于广州永宁荔湖城